中公文庫

「死ぬ瞬間」と死後の生

エリザベス・キューブラー・ロス
鈴木　晶訳

JN030049

中央公論新社

本書について

この本は、エリザベス・キューブラー・ロスの折々の講演を編集したものである。ただし編集にあたっては、講演会場の雰囲気を極力保つように努めた。よく知られているように、キューブラー・ロスには目の前にいる人びとをまるで強力な磁石のようにひきつける特別な才能がそなわっているからである。死について、そして死の過程について語るエリザベス・キューブラー・ロスの「生《なま》の」声を再現することには特別の意味がある。この本は、彼女が語りつづけてきたメッセージを理解する最良の手引きとなるにちがいない。

仕方のないことだが、どの章も実際の講演とは多少ちがっている。たとえば、いくつかの講演で同じ話が繰り返し語られているときは、それを一つの完成された形にまとめあげ、読者にとってもっとも適切だと思われる場所においた。ある講演から別の講演へと場所を移したところもある。不必要な逸脱を避けたほうが、読者にとって著者の思考の流れが追いやすいだろうと考えたからである。もちろん本質にかかわるような変更はいっさい加えていないし、録音テープから削除したところもほとんどない。

本書は、エリザベス・キューブラー・ロスがおこなった以下の講演の録音テープにもとづいて編集されたものである。


「死は存在しない」一九七六年。

「生、死、死後の生」一九八〇年。

「死ほど大事なことはない」ストックホルム、スウェーデン、一九八〇年。

「(第二講演)」ストックホルム、スウェーデン、一九八一年。

「現代における癒し」ワシントン、一九八二年。

「(エドガー・キース財団における)ARE講演」ヴァージニアビーチ、ヴァージニア、一九八五年。

「仲介者を重視する」一九八七年。

ツーソン・ワークショップ(個人による録音)ツーソン、アリゾナ、一九八九年。

編者まえがき

親愛なるエリザベス、

この本はこれまでのあなたのご著書のなかで最高の本だと思います。私は長年、こういう本、つまりあなたの考えのエッセンスを凝縮したような本はないかと、自分の住むスウェーデンや外国の書店を探し歩いたのですが、結局、一冊も見つかりませんでした。

こういう本を探そうと思い立った日のことを今でもおぼえています。そのころ私はまだ若い医師でした。偶然に（というより、幸運にもといったほうがいいでしょう）、雑誌であなたの文章に出会いました。そのなかであなたは、ガンで死に瀕している少女リズのことを語っていました。リズは死に瀕していながら、どうしても死ぬことができない。何かが彼女をおびえさせ、生へと引きもどすのです。

あなたがリズに手をさしのべ、未完の仕事をやりとげるのを助けてやるさまを読んだとき、私はまさに天啓を受けたのでした。あの天啓を私は一生涯忘れないでしょう。リズをおびえさせていたものをわざわざ攻撃せずとも彼女を助けることができるのだということを、あなたは私に教えてくれました。私は大学の医学部で一度も教わらなかったことを一瞬にしてさとったのです。患者が人生の難問に立ち向かうのを助けたければ、何よりもまず患者自身の内的な力や人生経験を利用すべきだ、ということです。

そういう話をもっと読みたいと思いました。あなたの素晴らしい、感動的な、そして力づよい勝利の物語、すなわち物質に対する精神の、肉体に対する魂の、恐怖と罪悪感に対する愛の勝利の物語を、すべて集めた本を読みたいと思いました。

また、臨死体験やその他の神秘体験に関するあなたの発見についても読みたいと思いました。あなた自身の生涯についても知りたいと思いました。もちろん、たんなる好奇心からではありません。いったい何が先駆者を先駆者たらしめたのか、それを知れば、かならずやそこから貴重な教訓が得られるからです。私は考えました。――あなたの一生の仕事は、子どものときに直面した問題に対する答えにちがいない、だとしたらその問題とは何だったのか。その問題がわかれば、それに対する答え、すなわちあなたのライフワークがよりよく理解できるだろう、と。

でも、そのような本は見つかりませんでした。理由は簡単、そんな本は存在しなかったのです。ただ、その後に出た『子供と死』（邦訳『新　死ぬ瞬間』読売新聞社）はかなり私の期待に応えてくれました。それで私は、いつかあなたがそういう本を書いてくれるかもしれないという期待を捨てました。

数か月前のある日、私の著書を出している出版社から、あなたの講演の録音テープをスウェーデン語に翻訳してほしいという依頼がありました。急ぎの仕事でした。そのテープのなかで、私はあのリズの話に再会したのです。そのとき、治療者としての私自身の仕事に決定的な方向をあたえたのは、このリズの話だということを私はさとりました。そしてふいに、あなたの別の話、あのジェフィの話を思い出しました。ジェフィは……いや、読者が本文を読む前に話してしまうのはよしましょう。

いずれにせよ、私は原稿にジェフィの話を加えたくて、あなたがその話をしているカセットテープを友だちから借りました。ところが「幸運にも」、その友だちは、私が借りようとしたのとは別のテープを貸してくれたのです。そのテープにも同様の話がいろいろ収録されていて、臨死体験の話もたくさんありました。

私は、さらに「幸運にも」、これからアメリカのヴァージニアまであなたに会いに行くという友人に出会いました。私はその友人に「シャンティ・ニラヤ」のテープを一本買ってきてくれるように頼んだのですが、その友人は買ってきてくれませんでした。でもそのかわり、あなたの講演テープを五本買ってきてくれました。そこでは、あなた自身の神秘体験や、自分の少女時代や家族についての感動的で洞察に満ちた話がたくさん語られていました。それらの話は、この本の第一章になっている、一九八〇年にあなたがストックホルムでなさった講演の冒頭で語られた、「つましい」「権威的」「不自由な」といった言葉が、実際にはどういったことを意味していたのかを、あざやかに物語っていました。それらの話は私に、何でも——本当にどんなものでも——ひとに対する愛と奉仕になりうるのだということを教えてくれました。

かくして、「幸運」(あなただったら「神の配慮」と呼ぶことでしょう)という我が友のおかげで、私は長年必死に探し歩いたあなたの本を、自分の手で収集し、タイプし、編集することができたのです。まったく驚くべきことだと思いませんか。

そうしてできあがったのがこの本です。エリザベス、これはあなたのこれまでの著書のなかで最高の本です。あなたの直観を知るための五つの素晴らしい手引きです。

たとえ読者が医師でなくとも、じゅうぶんにこの本を楽しむことができるはずです。何ら正式な教育を受けていなくとも、この本から教訓を汲み取ることはできるはずです。直観という名の小学校さえ卒業していれば、また、理論からではなくむしろ実例から学ぶ心構えさえできていればいいのです。そして、たんに人間としてだけでなく、助力者あるいは、介護者としても成長したいと願ってさえいればいいのです。

エリザベス、あなたの教え、あなたの経験、あなたの考え、そして——ある意味で——あなたの人生に接近するこの機会をあたえてくださって、本当にありがとう。

心からの愛をこめて　　医学博士　ゲラ・グリップ

一九八九年七月　ウプサラ、スウェーデン

追伸　一九九一年九月

この本の原稿を仕上げた直後、ジャーナリストのデレク・ギルが書いた『探求――エリザベス・キューブラー・ロスの生涯』（邦訳『「死ぬ瞬間」の誕生』読売新聞社）という本が送られてきました。あなたの伝記でした。その「あとがき」で、どうしてこの伝記には一九六九年までの出来事しか語られていないのか、あなたはその理由を説明し、さらにこう書いています。「この本は、将来、一九六九年以後の私の人生や、死後の生に関する私の研究が出版されたとき、いっそうその重要性を増し、私の身に起こったことがどうして起こらなければならなかったのかが明らかになるでしょう」。

あなたはその後につづけて、将来書かれるべき本について語っていますが、それこそまさしく、八年後に私がここスウェーデンでそうとは知らずに編集したこの本のことではないでしょうか。

その一節を読んで、私は編集者と交した議論を思い出しました。録音テープを翻訳するという仕事は、しだいしだいに膨れあがっていきました。編集者は笑いながら、どうやらこの本はどうしても世に出たがっているようね、定められた運命には従うほかないわね、と言いました。彼女の言うとおりです。この本は本当に世に出たがっていたのです。なぜなら、すでに計画されていたのですから、そして私はその計画を実行に移すという栄誉に恵まれたのでした。

目次

「死ぬ瞬間」と死後の生

死ほど大事なことはない

私はスイスの典型的なスイス人家庭に生まれました。スイスのほとんどの家庭と同じく、生活はつましく、とっても権威主義的で、何と言ったらいいでしょう、とにかく不自由でした。とはいえ、まわりには物がふんだんにありましたし、両親も愛情豊かな人たちでした。

でも私は「望まれていない」子どもとして生まれました。両親が子どもを望んでいなかったというのではありません。男の子が欲しかったというのでもありません。両親とも心から女の子を欲しがっていました。でもそれは、かわいらしくて、美人で、まるまるふとった女の子でした。三つ子が生まれるとは予想していませんでしたし、生まれたとき、私は九百グラムしかありませんでした。顔はみにくくて、髪の毛もはえていませんでした。両親は私を見て心底がっかりしました。

そして十五分後、二番目の子が生まれ、さらに二十分後、三番目の二千九百グラムの子が産声をあげ、それでようやく両親は喜んだのでした。でも、できることならほかの二人はまたお腹のなかへもどしたいと思ったにちがいありません。

　このように、私は三つ子に生まれるという悲劇に直面したのです。これはたいへんな悲劇です。世界中でいちばん嫌いな人に対してでさえ「三つ子になれ」と言うのははばかれる、それほどの悲劇です。三つ子の一人として生まれるということは本当に特殊なことです。万が一、三人のうちの誰か一人がぽっくり死んでしまったとしても、誰が死んだのか、他人にはわからないのですから。それで、九百グラムしかないこんなちっぽけな私でも生きる価値はあるのだ、ということを一生かけても証明しなければならない――私は漠然とそんな気持ちを抱いたのです。そのためには必死に努力しなければなりません。ちょうど、視覚障害者が仕事を失わないためには、ほかの人たちの十倍努力しなければならないと考えるのと同じです。私にだって生きる価値があるということを、死にものぐるいで証明しなければならなかったのです。

　私が今のような仕事をするためには、そんなふうに生まれ育つ必要があったのです。でも、そのことを理解するには五十年かかりました。私は五十年かかって理解しました。――人生には偶然というものはありません。いつ、どこで、どんなふうに生まれてくるかということすら偶然ではありません。私たちが悲劇だと思っているものも、私たちがそれを悲劇にするから悲劇なのであって、私たちはそれをチャンスとか成長のための好機と見なすことだってできるのです。そうすると、悲劇だと思っていたものが、じつは私たちに対する挑戦、つまり人生を変えるために必要なヒントであったことがわかってきます。

人生の終わりに近づいて、過去を振り返ったとします。楽な時代をではなく、つらかった日々、いわば人生の嵐の時代を振り返ってみれば、いまの自分をつくりあげたのは、まさしくそのつらかった日々だということがわかるはずです。誰かがこんなことを言っていました。「つらい経験をするというのは、ちょうど大きな石を洗濯機で洗うようなものだ。ばらばらに壊れて出てくるか、ぴかぴかになって出てくるか、そのどちらかだ」。

三つ子の一人として育つというのは、そうした挑戦のひとつです。私はいつでもちゃんと知っていました。――両親ですら、自分が三人の娘のうちの誰と話をしているか、わかっていないことがあったのです。学校の先生も、私にAをつけるべきかFをつけるべきか迷って、いつでも三人にCをくれたものです。そうしたことを私はいつでも意識していました。

ある日のこと、妹が、生まれてはじめてのデートに出かけました。彼女はちょうど、初恋に落ちた典型的なティーンエイジャーを絵に描いたみたいでした。ところが二度目のデートの日、病気になって出かけられなくなり、すっかり意気消沈していました。そこで私はこう言ってやりました。「デートできなくて落ち込んでいるの？　心配しなくていいわ。彼を失うのが心配なんでしょ。本気で心配しているんなら、私が代わりに行ってあげる（会場から笑い）。きっと相手は気がつかないわよ」。

私は妹から、付き合いがどこまですすんでいるのかを聞き出して、妹の代わりに出かけました。妹のボーイフレンドは最後まで全然気がつきませんでした（会場、大笑い）。みなさんには笑い話に聞こえるかもしれませんが、ティーンエイジャーの私にとっては深刻な悲劇でした。自分が恋をしてデートに出かけたとき、たとえ妹と交代しても、相手は気がつかないのだ……。今でも時どき、ひょっとしたら私は妹なんじゃないかと思うことさえあります。

私はそうしたことを人生の早い時期に学ぶ必要がありました。そして、妹のボーイフレンドが私と妹のちがいに気がつかないという事件があってから、私はおそらく生涯最大の決断をしました。それはスイスから、家族から、家という安全な場所から、出て行くことでした。私は終戦直後のヨーロッパを旅しました。ここスウェーデンにもきて、ワークショップの指導者たちのためのワークショップを開いたりしました。

マイダネク

最後にポーランドのマイダネクにたどり着きました。戦争中に強制収容所のあった所です。私はそこで、列車何台分もの、殺された子どもたちがはいていた靴の山や、やはり列車何台分もの、人間の髪の毛を見ました。そうしたことを本で読むのと、実際にそこへ行って人間焼却炉をこの目で見て、この鼻で異臭をかぐのとは、天地ほどの差があります。

そのとき私は、嵐のない国で育った十九歳の娘でした。私の国には人種問題も貧困もなく、七百六十年間、戦争を経験していません。私は人生が何たるかを知りませんでした。マイダネクに行ったとき、突然、人生のありとあらゆる嵐が一度に洪水のように私の身に押し寄せてきたのです。そういう経験をしてしまうと、人間はけっして元の人間にもどることはできません。私はその日に感謝しています。もしあの嵐がなかったら、私はいまこの仕事をしてはいないでしょう。

私は自問しました。——あなた方や私と同じ成人した男や女が、九十六万もの罪のない子どもを殺しながら、家に帰ると水痘にかかっている自分の子どもの心配をするなどということが、どうしてできるのか。

それから私は、子どもたちがその人生の最後の夜を過ごした収容棟に行ってみました。とくに理由はありませんでしたが、たぶん、子どもたちがどんなふうに死と向き合ったのかを示すメッセージか手がかりが見つかるかもしれないと思ったのでしょう。収容棟の壁には、子どもたちが指のつめとか石やチョークの破片で刻んださまざまな絵が残っていました。いちばん多く目にとまったのは蝶の絵でした。

私はその無数の蝶の絵をじっと眺めていました。私はまだ若くまるで無知でした。故郷から、両親から、家と学校という安全な場所から、無理やり引き離され、貨車に乗せられ、アウシュヴィッツやブッヘンヴァルトやマイダネクに運ばれてきた子どもたちが、どうして蝶を描いたのか、私にはわかりませんでした。その答えを見つけるのに四半世紀かかりました。

マイダネクは私の仕事の出発点でした。

マイダネクで、そこから去ろうとしない一人のユダヤ人少女と出会いました。彼女がどうしてそこにとどまっているのか、はじめ、私には理解できませんでしたが、彼女はその収容所のガス室で、祖父母を、両親を、そして兄弟姉妹全員を殺されたのでした。ガス室いっぱいに人が詰め込まれたあげく、もうそれ以上一人も入れることができなくなり、そのおかげで彼女は助かったのでした。

その話を聞いて背筋が寒くなりました。私は思わず彼女にたずねました。「あなた、いったいここで何をしてるの。あんなに非道なことがおこなわれたこんな場所で」。彼女はこう答えました。「強制収容所にいた最後の数週間、私はこう誓ったの。かならず生き延びて、ナチスと強制収容所の恐ろしさを世界中の人びとに訴えようって。やがて解放軍がやってきて、その人たちを見たとき、私はこう思った。『いや、いけない。もしそんなことをしたら、ヒットラーと同じことになってしまう』。だって、私がしようとしていたことは、マイナスの感情と憎しみの種を世界中にもっと蒔くこと以外の何物でもないでしょ。私は考えたの。人は背負いきれないほどの重荷を課されることはない。私たちはけっしてひとりぼっちじゃない。マイダネクの悲劇と悪夢をちゃんと見極めれば、それを過去のものにすることができるのだ。そうだ、このことを心から信じることさえできれば、そして、誰か一人でもいいから、その人の心から悪感情や憎しみや復讐心を取り除いて、その人を、人を愛し、人に奉仕し、人の世話をするような人間に変えることができたとしたら、それはとてもやりがいのあることだし、私も生きていたかいがある。そんなふうに考えたの」。

マイナス感情はもっぱらマイナス感情を養分にして成長し、やがてはガンのように繁殖していくものです。でも私たちには、自分の身に起きたことを、悲しくて恐ろしい出来事としてそっくり受け入れるという選択肢もあります。それはすでに通りすぎてしまった過去のものであり、自分にはもう変えられないのだと納得する道です。マイダネクで出会った少女はその選択肢を選んだのです。

でも、彼女に変えられることもあります。それは彼女がこれからしようとすること、つまり、すでに起きてしまったことから何を生み出すかということです。それで彼女は、眺めも臭いも恐ろしいその場所にとどまる決心をしたのです。

私は彼女といっしょに収容棟に行き、蝶の絵を見つけました。私は彼女といろいろなことを話しました。生や死についてあれこれ議論しました。彼女は私にたずねました。「ねえ、エリザベス、誰の心のなかにもヒットラーがいる。そう思わない？」。私も彼女も人生のごく早い時期にさとったのです。――人を愛し人に奉仕する人間になれるかどうかは、自分自身の悪い面、悪い方へ向かう可能性を直視できるかどうかにかかっているのだということを。私たちの心は、マザー・テレサになる可能性だって秘めているのですから。

＊

私はその少女と別れ、スイスにもどって医学を勉強しました。私の夢は、アフリカかインドに行ってアルバート・シュヴァイツァーみたいな医者になることでした。ところが、インドに出発する二週間前に、インドでの医療計画がすべてご破算になったことを知らされました。それで、インドのジャングルではなく、ニューヨークのブルックリンという高層ビルのジャングルにたどり着いたのでした。私はアメリカ人と結婚し、自分が住みたいと思う場所のリストの最下位に位置していた町、ニューヨークという世界最大のジャングルに連れてこられたのです。私はとても不幸でした。

外国人の医者がニューヨークで、六月に、条件のいい実習受け入れ先を見つけることは不可能でした。結局、私は、治る見込みのない精神分裂病患者を収容しているマンハッタン州立病院につとめました。私は患者の英語が聞きとれませんでした。彼らの話す分裂病者語は、私には中国語も同然でした。精神医学のことも何ひとつ知りませんでした。私は田舎医者としては優秀でしたが、精神科医ではありませんでした。

精神医学のことを何ひとつ知らず、孤独で、惨めで、不幸だったのですが、結婚したばかりの夫を悲しませたくないので、私は患者たちに向かって心を開き、彼らの惨めさ、孤独、絶望に、自分を重ね合わせました。

するとす突然、患者たちが話しはじめたのです。二十年間も口をきかなかった人たちが、自分の感情を口に出して表現するようになったのです。ふいに、惨めなのは私だけではないということを知りました。しかも、私の惨めさなんて、州立病院で暮らすことの惨めさとは比べものにならなかったのです。二年間というもの、私はただひたすら彼らといっしょに過ごし、宮清祭《ハヌカー》、クリスマス、過越祝《パスオーバー》、復活祭《イースター》をいっしょに祝いました。それはひとえに、彼らと孤独を分かち合うためでした。なにしろ、医師として知っているべき精神医学の理論をろくに知りませんでしたから。彼らの話す英語はほとんど理解できませんでしたが、私たちは愛し合っていました。本当におたがいのことを大切に思っていました。私は必死に耳をかたむけました。彼らの言葉にではなく、言葉によらない象徴的な語りかけに対してです。そして、たった二つのものだけが、彼らに心を開かせ、人間らしい行動と反応を起こさせることができるということがわかりました。それはどちらもたいへん健康に悪いものですが、しかし、ひじょうに人間的なものです。何かというと、タバコとコーラです。

タバコやコーラをもらったときだけ、彼らは人間的な反応を示すのでした。彼らの多くは、家畜よりひどい待遇で州立病院に二十年も閉じ込められていたのです。

私も彼らを家畜同然に扱っていたのだということに気づきました。またもや私は選択を迫られました。私は彼らからタバコとコーラを取りあげました。それは私にとってはつらい選択でした。なにしろ私自身、ひどく意志が弱いので。私は患者たちに言いました。もしあなたがたが、自尊心が何たるかを学び、多少なりとも人間としての尊厳を取りもどし、まっとうな人間にもどりたかったら、タバコやコーラを自分の手でかせがなくてはだめだ、と。

一週間もすると、それまで何に対してもまったく反応を示さなかった人たちが、みんな、身なりをととのえるようになりました。髪をとかし、靴をはき、一列に並んで病院内の工房に行き、タバコとコーラを買うお金をかせぐためにせっせと働くようになりました。

私たちのやったことは、そういうとても単純なことでした。私は心から患者たちを愛していました。というのも、私は成長の過程で、何でも持っているのに何ひとつ持っていないというのはどんな気がするものかを知っていました。私は三つ子のひとりとして、裕福な家庭で、愛情をたっぷり注がれて育ちました。物質的には何も不自由はありませんでしたが、じつは私は何ひとつ持っていなかったのです。私が独立した一個の人間として存在しているのだということを、誰も知らなかったからです。

私は患者たちのことを、十七号室の分裂病患者とか五十三号室の躁鬱病患者とかとして覚えるのではなく、全員を名前で覚え、全員の好みや癖も覚えました。すると彼らは私に対して反応を示すようになりました。

二年後、治療の見込みがないと思われていた分裂病患者たちの、じつに九四パーセントを退院させることができました。生活保護を受ける者としてではなく、ニューヨークでちゃんと自活できる人びととしてです。私はこのことを誇りに思っています。

患者たちが私にくれた最高の贈り物は、薬や電気ショック療法や医学を超えた何かがあるということを教えてくれたことです。つまり、真の愛と配慮があれば、本当の意味で人を救うことができる、それも大勢の人を救うことができるということです。

私はここで、知識は役に立つけれど、知識だけでは誰も救うことはできないと申し上げたいのです。たんに頭だけでなく、心と魂を使わなくては、一人の人間だって救えません。私が患者たちとの触れ合いのなかで学んだのは、慢性的な分裂病者であれ、いちじるしく知恵の発達の遅れた子どもであれ、死の床にある患者であれ、すべての人には目的があるということです。誰でも、あなたから学びあなたに助けられるだけでなく、じつはあなたの先生になることだってあるのです。生後六か月の、口がきけない知恵の発達の遅れた子どもだって、あなたの先生になりうるのです。はじめて見たときには、まるで獣のような行動を示していた治癒の見込みのない分裂病患者だって同じです。

象徴言語

分裂病の患者たちが私にくれた二つ目の贈り物は、ある言語を教えてくれたことです。その言語を知らなかったら、私は死の床にある子どもたちを相手にした仕事はできなかったでしょう。その言語とは、危機におちいったときに誰もが用いる、世界共通の象徴言語です。もしあなたが自然に育ったなら——「正常に」ではありません、正常に育つというのはきわめて不自然に育つということですから——、末期患者の世話をするために、死とその準備に関する本をわざわざ読む必要などありません。なぜなら、何をすることが必要なのかを、私がマンハッタン州立病院で学んだのとまったく同じように学ぶことができるからです。私はいつも口癖のように言っているのですが、この世に唯一残っている正直な人びとは精神病患者と幼児、それに末期患者です。冗談めいて聞こえるかもしれませんが、私は本気です。そして、もしあなたがこの三種類の人びとを利用すれば——私は「利用する」という語を肯定的な意味で使っているのですが——、つまり彼らが言わんとすることに本当の意味で耳をかたむけることができたなら、彼らはあなたに、私のいう象徴言語を教えてくれます。

この言語を使うのは、痛みに苦しんでいる人、ショックを受けて茫然自失している人、感覚の麻痺した人、自分の理解を超えているような、とても対処できないような悲劇に打ちのめされている人たちです。迫りくる死に直面している子どもたちは、一度も教えられたことがないのに、この象徴言語を知っています。象徴言語は世界共通語で、世界中のすべての人びとが使う言葉です。

死期が迫っている人は一人残らず、たとえ五歳であろうと九十五歳であろうと、死が近いことを知っています。したがって、問題は「私はその人に、死が迫っていることを告げるべきだろうか」ではなく、「私には彼の声が聞こえるだろうか」です。

たとえば患者がこう言ったとします。「あなたの誕生日はたしか七月だったわね。そのころ、私はもうこの世にはいないのよ」。もしその言葉をちゃんと受け止めることができたなら、「そんなことを言ってはいけませんよ。快方に向かっているんですから」などという、自分をとりつくろうための言葉は出てこないはずです。そんなことを言ったら、患者とのコミュニケーションが途切れてしまいます。あなたが患者の言うことに耳をかたむける準備ができていないということが、患者にわかってしまうからです。それで結局、患者を黙らせてしまうことになり、患者は孤独におちいってしまいます。

もしあなたが死とその過程に関して何を言ったらいいかわからなかったら、そして、この女性は死が迫っていることを直観で知っているなと思ったら、ただそばにすわって、彼女に手を触れ、こんなふうに言ったらいいのです。「おばあちゃん、なにか私にできることありますか?」。

人から聞いた話ですが、ある若い女性が老いた祖母をたずねました。老人は自分の指から指輪をはずし、何も言わず黙ってそれを孫娘にわたしました。これこそが言葉によらない象徴言語です。老人は黙って指輪を孫娘の指にはめたのです。孫娘は、「まあ、おばあちゃん、そんなことしないで。この指輪、気に入ってるんでしょ。ずっとはめていて」などとは言いませんでした。彼女はこう言ったのです。「本当に私がもらっていいの?」祖母は黙ってうなずきました。孫娘はさらに「どうせなら……」と言いかけました。「どうせならもう少し待って、クリスマスにもらえない?」と言おうとしたのですが、やめました。彼女ははっと気がついたのです。祖母は、自分がクリスマスにはもうこの世にいないことを知っているにちがいない、と。そのおばあさんは、孫娘に指輪を贈ることができて心から満足していました。彼女はクリスマスの二日前に亡くなりました。これが言葉によらない象徴言語というものです。

＊

患者はたいていあなたに、ふつうの英語やふつうのスウェーデン語では話しかけないものです。あなたが患者のところに行くと、たいていの患者は、あなたが抱えている不安を感じ取りました。それで患者さんたちは天気の話をはじめます。もちろん天気に興味があるわけではなく、あなたの不安を感じ取ったために、自分の問題は自分の胸にしまっておくのです。あなたの不安を増やしたくないからです。あなたの不安を増やしてしまったら、あなたに見捨てられ、もう来てもらえないかもしれない、それが心配なのです。

病気がそのまま治らないとか、そのほかの悲劇でもいいのですが、自分はちゃんと知っているのだということを伝えたいとき、人は基本的に三つの言語を使います。一つ目は、スウェーデンならふつうのスウェーデン語、アメリカならばふつうの英語です。あなたがお見舞いに行ったとき、患者が「私は自分がガンだということを知っています。二度とこの病院から出ることはないのです」と言ったとします。ちゃんと言葉に出して言ったわけですから、その言葉はあなたの耳にとどき、あなたはその患者の世話をし、助けるでしょう。患者がそれを容易にしてくれたのです。単刀直入に切り出すことによって、二人のコミュニケーションを楽にしてくれたわけです。でも、じつはそういう患者はあなたの助けを必要としてはいないのです。なぜなら、自分のガンや死について、ふつうの言葉で話せる末期患者は、最大の恐怖、すなわち死の恐怖をすでに乗り越えているからです。実際のところ、患者があなたを助けるのであって、その逆ではありません。そんなはずはないと思うかもしれませんが、本当は彼らがあなたのセラピストであり、あなたに贈り物をくれます。今晩私がお話しするのは、この種の患者たちのことではありません。

あなたの助けを本当に必要としている人たち、それはショックで感覚が麻痺している人たちです。彼らは、これまで家庭のおかげで外界の荒波から守られ、すべてが容易で安楽で、順調な人生を歩んできたために、人生の荒波に対して心の準備ができていないのです。彼らは温室の中で育てられてきたのです。ふいに嵐に襲われたため、なんの準備もできていない。たとえば、それぞれ別種のガンのために六か月のあいだに子どもを全員亡くした両親を想像してみてください。私の言っているのは、そういう人たちのことです。彼らは苦痛があまりにひどく、そんなにひどいことが自分の身に起こったということがとても信じられず、そのためにふつうの言葉で話すことができません。それで象徴言語にすがるわけです。その言語を聞きとどけてあげるため、ぜひともこの象徴言語を学んでいただきたいと思います。

象徴言語には二種類あります。言葉によらない象徴言語と、言葉による象徴言語です。どちらも世界共通語ですから、世界中のどこでも使うことができます。子どもたちはもっぱらこの言語を用いるものですが、ひとたびこの言語を習得しさえすれば、憶測や勘にたよる必要がなくなり、死の床にある子どももおとなは一人残らず、死が迫っていることを――意識的にではなく無意識的にということもありますが――知っているのだということが理解できるはずです。そうすれば、彼らが分かち合いたいと願っているただ一つのことを、あなたと分かち合えるはずです。それは、やり残した仕事です。

みなさんの少なくとも一部の人は、「寓話」とは何かを知っているでしょう。イエス・

キリストはとても聡明でした。イエスは自分の教えを、できるだけ多くの人びとに教えたいと願いました。でも人びとには――少なくともその多くには――まだそれを学ぶ準備ができていませんでした。そこでイエスは寓話を用いました。そうすれば、耳をかたむける準備のできている人には理解できるはずだということを知っていたからです。それ以外の人びとは、二千年たった今でもまだわからなくて頭をぽりぽりかいています（会場から笑い）。イエスが用いた寓話こそまさに、死の床にある子どもたちがあなたを選んだときに用いる言語です。いや実際、子どもたちは、誰に対して象徴言語を用いるべきかをちゃんと選びます。それは付添い婦かもしれませんし、それ以外の人かもしれませんが、いずれにせよ、きっとこの人ならわかってくれるだろうと子どもが考えた人です。三歳か四歳の子どもがあなたをじっと見つめるとき、彼らは本当にあなたの心を見抜いています。あなたが耳をかたむけてくれる人か、それともすぐに「子どもがそんなことを知っているはずがない。ただ口先で言っているだけだ」と言うような人かを見極めているのです。

子どもたちは寓話とたいへんよく似た言語、象徴言語を使います。もし子どもの言っていることがわからないくせにうなずいたら、インチキのうそつきとして、もう二度と子どもに相手にされないでしょう。反対に、子どもが何かを言おうとしているのだということはわかるが、まだ経験が乏しいという人は、こんなふうに言ったらいいのです。「あなたは私に何かを言おうとしているのね。でも私にはそれが何だかよくわからない。もう一回言ってちょうだい」。そうすれば子どもは、あなたにわかってもらえるまで、二回でも、三回でも、四回でも、いや十回でも、ちがったふうに言い換えてくれるでしょう。

＊

たいていの場合、一度でも家庭を訪問すれば、家族や患者が自分のやり残した仕事は何なのかを探りあてる手助けをすることができます。それができれば、家族や患者は、その仕事を片づけて先へすすみ、恐怖や不安のない、平安で冷静な死を迎える準備をすることができます。

象徴言語を使うとき、患者は、あなたが患者の求めに応じられる心の準備ができているかどうかをテストしているのです。幼い子どもたちは、もっぱら言葉によらない象徴言語を用います。子どもが使う象徴言語のなかで、いちばん単純で、いちばん美しく、いちばん私たちの役に立つのは絵です。

ロンドン出身のユング派分析家スーザン・バックは、私が十五年間働いたチューリッヒの病院の子どもたちの絵をもとに、子どもが自発的に描いた絵を見る方法を開発しました。バックは、脳腫瘍をもった子どもたちに思いのままに絵を描いてもらいました。そして発見しました。どの絵も、子どもたちが自分の病気に気づいていて、しかも腫瘍が生じている場所さえ知っているということを物語っていたのです。

子どもが描いた絵をどう見るべきか、その方法を学んだバックは、子どもたちが、自分のからだのなかで何が起きているのかを知っているだけでなく、たいへんしばしば、自分がいつどんなふうに死ぬかを、絵のなかで語っているということに気づきました。

私は、白血病やガンやその他の病気の子どもたちに、自由に絵を描いてもらうことにしています。その絵を見れば、子どもたちが自分の病気を無意識のうちに知っていることがわかります。このように象徴言語を知ることによって、私たちが子どもたちがやり残した仕事をやりとげるのを助ければ、子どもたちが自分のパパやママを助けて、迫りくる死をパパやママに理解してもらうことができるのです。

みなさんのなかで、私の『死ぬ前にお別れを』をお読みになった方は、五歳のジェイミーの描いた、空に紫色の風船が浮かんでいる絵をおぼえていらっしゃるでしょうか。紫は精神性・霊性を示す色です。とても近い将来、自分は空に浮かぶ霊魂になる、というのがジェイミーの考える死なのです。

身内の死に接する子ども

(会場から質問。「両親のどちらかを失った後の子どもの反応についてうかがいたいのですが」)

子どもが父親、あるいは母親の死にどう反応するかは、その子がそれまでどう育てられたかによってちがいます。以下のような場合には、子どもは心配ありません。両親が死を恐れていない場合。たとえばペットが死んだときや祖母が死んだときに、両親が子どもを保護・隔離してしまわずに、気持ちを分かち合った場合。また、親の一方が死の床についているときに、もう一方の親といっしょに家で世話ができた場合。また、葬式に参列するのを許されていた場合です。

そういうこともあって、私どもは死期の近づいた若い父親や母親を病院から家に帰すようにしています。家ならば、たとえばいちばん下の子は、ママの大好きな音楽を選ぶという仕事を任される。別の子はお茶を運ぶ係になる。また別の子は何か別の仕事を任される。そういうふうにすれば、子どもは死の床にある母親あるいは父親の世話に参加できます。母親が人生の最後の数日を迎え、もう話ができなくなり、昏睡状態に入ったときでも、子どもたちは母親に手で触れ、愛し、抱くことができます。

その段階では、たとえば子どもたちにこう言ったらどうでしょう。ママは死んだんじゃなくて、昏睡状態なのよ、ちょうど繭に入っているみたいに。まだちゃんと生きていて、あなたたちの言うことはなんでも聞こえるのよ。音楽だって聞こえる。でも、もう話したり質問に答えたりすることはできないの——。こういうプロセスに参加することができれば、子どもたちはそこから素晴らしいことを学ぶでしょう。

母親が病院、ましてや集中治療室にいたとしたら、どうでしょう。とくにアメリカでは、子どもは病院に入ることを許されていません。子どもたちは、私ども病院のスタッフが母親にどんなことをしているのだろうかとあれこれ想像し、ひどい悪夢にうなされることでしょう。そのうえ葬儀にも列席させてもらえなかったら、大きな不安とやり残した大量の仕事を、何年も、いや何十年も抱えつづけることになるでしょう。

私どものモットーはこうです。――「峡谷に嵐を避けるための覆いをかぶせてしまったら、素晴らしい景色は見えなくなる」。つまり、子どもに覆いをし、「保護」してはいけない、ということです。どの道、子どもをかばいきることなどできないのですから。子どもをかばったつもりでも、じつのところ、せいぜい自分をかばっただけで、せっかくの成長の機会を子どもから奪い、人生に対する準備をさせないことになってしまうのです。

ジェイミーの兄

死に瀕している子どものまわりで、いちばん深刻な問題を抱えているのは、その子のきょうだいです。『死ぬ前にお別れを』のなかにはその美しい例があります。さっき名前をあげた五歳のジェイミーは脳幹腫瘍で死にましたが、私どもはそのまえに彼女を家に帰すことができました。それで、八歳になる彼女の兄が妹の世話に参加することができました。

彼は学校が終わると、クラスメートたちには「仕事ができたから遊べなくなった」とだけ言って、すぐに家に帰り、酸素ボンベのスイッチを入れて優しく妹に酸素を吸わせてやりました。妹が吸引を必要としているなと見て取ると、信じられないほどの愛情と優しさをこめて吸引してやりました。

妹が死んだとき、彼は後悔の念に苦しめられることなく、心静かに妹の死を悲しんでいました。

『死ぬ前にお別れを』には彼と妹の写真が載っているので、本が出たとき、当然ながら彼に会って本を見せました。どんな反応を示すかなと思っていたのですが、彼はまず自分の写真をじっと見ました。私たちは誰でもまず自分の写真を見るものです。人のも見ているふりをしますが（会場から笑い）。自分の写真の映り具合に満足すると、彼は妹のことが書かれた章全体を見て、こんなすてきな答えをくれました。「ぼくたちのことが本になって、とってもうれしい。だって、クラスメートたちは、もし妹か弟が死ぬことになっても、ぼくの本を読めば、どうすればいいかわかるだろうから」。

彼は妹の世話をすることによって、はかりしれないほど大きな誇りと、何か大きなことを達成したという意識が得られました。でも彼とはちがって、死んでいく子どものきょうだいの大多数は、無視されたり仲間はずれにされているのです。

子どもの父親、あるいは母親が死の床にある場合はどうでしょう。家族は「どうやって子どもに心の準備をさせたらいいだろうか」と思い悩むことでしょう。そんなときは、子どもに絵を一枚描かせるといいのです。そうすれば、パパあるいはママの身に死が差し迫っていることを、その子がちゃんと知っているのだということがわかります。具体的な例をひとつお話ししましょう。

ロリー

ある日、ある学校の先生から電話がありました。ひとりの一年生の子どもが、学期がはじまったときにはとてもよく勉強ができたのに、一か月ほどして急に勉強に身が入らなくなりました。理由がわからないので、その子の家に電話をしてみたところ、その子の叔母が怒った声でこう答えました。あの子の母親はガンで入院していて、もう二週間も昏睡状態のままで、いつ息を引き取るかわからないのだと。

当然、先生は、子どもたちは母親の死に対して心の準備ができているのかと質問しました（その女の子には一つ年上のお姉ちゃんがいました）。答えはノーでした。子どもたちは何も聞かされていないばかりか、もう二週間も父親の顔を見ていませんでした。妻が昏睡状態におちいったので、若い夫はそれまでよりも早く仕事に出かけ、終わると直接に病院に行って妻のそばに付き添っていたのです。家に帰るのは、子どもたちが寝た後でした。先生は、きわめてもっともな助言をしました。「手遅れにならないうちに、誰かが子どもたちにちゃんと話さなくてはいけません」。子どもの叔母という女性は、それを聞くとかんかんになって、「それなら、あんたが話してください。でも、どうせなら、いますぐにしてください。明日じゃ、あとの祭りかもしれないから」。その人がそう言って電話を切ってしまったので、先生は途方に暮れました。その先生も、こういう事柄に関してはまるで経験がなかったのです。

それで電話で私に助けを求めてきたのです。私は「放課後、子どもたちを連れていらっしゃい」と言いました。ただ、ひとつ条件を出しました。それは、先生もそばにいて、私が子どもたちに対して何をするかを見ていてもらいたいということです。そうすれば、次の機会には同じことを先生ひとりでできるはずです。というわけで、その先生は子どもを連れてやってきました。

私は末期患者と会うときには、かならず自分でその患者の家を訪ねます。患者の身内の人が私の家に来るのは、お金の支払いのときだけです。ただし、歩ける子どもは、うちに呼んでキッチンで会います。うちには診察室はありません。子どもが怖がるからです。リビングルームも使いません。キッチンを使います。暖炉があるからです。なにしろシカゴでは零下四十度になることもめずらしくないので、暖炉のそばにすわるのはとても居心地がいいのです。

そして、私は子どもに対して、とても「恐ろしい」、とても健康に悪いことをします。何かというと、コーラとドーナッツを出すのです（会場から笑い）。子どもにとってこれほど体に悪いものはないでしょう。私も医者のはしくれですから、それはよく知っています。どうしてそんなものを出すのか、理由をお話ししましょう。

相手は、母親がどんな状態にいるのか、本当のことを聞かされていない子どもたちです。すでにおとなを信用していません。学校でも勉強に身が入らなくなっています。ということは、つまり、深刻な悩みを抱えているにもかかわらず、親身になって相談にのってくれる人がいないということです。そういう、不信の固まりのようになった幼稚園児や小学一年生が、放課後に、先生に精神科医の自宅に連れて行かれ、無農薬もやしとか胚芽なんとかを食べさせられたらどんなふうに感じるか、みなさんにも容易に想像がつくでしょう（会場から笑い）。

私どもでは、子どもがいちばんリラックスできるようなものをあたえます。こういう状況では、ちょっと食べるものが健康にいいか悪いかなど、まったくどうでもいいのです。これはたいへん重要なことです。私たちおとなというのは、自分の権威や立場を濫用して、この機会に健康的な食品をたべる習慣をつけようなどと考えがちです。でも、そんなことをしたら最後、子どもはぴたりと心を閉ざしてしまいます。

一年くらいたてば、困難な時期にたがいに助け合ったのですから、私と子どもたちとは友だちどうしの関係になるでしょう。そのときには、私の言うことを聞いてくれるようになるかもしれません。そうしたら、また子どもたちをうちのキッチンに呼んで、なにか健康的な食べ物をいっしょに料理することができるでしょう。

なぜこんなことを申し上げるかというと、以前は子どもたちにコーラとドーナッツをあたえる理由をわざわざ説明しなかったので、激しい批難の手紙を山ほどもらったからです。そういう手紙にはもううんざりです（会場から笑い）。

私はいつもキッチンテーブルに子どもたちといっしょにすわります。そして彼らに、ドーナッツをかじりながら、コーラを飲みながらでいいから、絵を描いてごらんと言って、クレヨンをあたえます。二分もすれば、子どもたちが状況をちゃんと理解していることがわかります。そこで、子どもたちとそのことについて率直に語り合い、三十分後に子どもたちは帰っていきます。彼らはもう大丈夫です。じつに簡単でしょ？

ところで、その一年生の子どもはすばらしい絵を描きました。その子は赤いクレヨンで、線だけで人間の形を描きました。足だけが巨大でした。そしてそのそばにアメリカ・インディアンが好む模様みたいなものを描きました。赤はいつでも危険信号です。描き終える前に、自分の描いたものの上に大きな赤いバツを書きました。この赤は、怒りと苦痛をあらわしているのです。

私は、すっかり形のゆがんだ大きな足の、線だけの人間を指さして、こう聞きました。「これ、あなたのママかな」。彼女はそっけなく「そうよ」と答えました。

私は言いました。「まあまあ、こんな足をしていたら、あなたのママは歩きにくいでしょうね」。子どもは試すように私の顔をじっと見つめながら、こう言いました。「ママの足はとても悪いの。だから、もう二度と私たちといっしょに公園を散歩できないの」。

そのとき、先生が口をはさみました。先生というのはいつでも口をはさむものです(会場から笑い)。「いいえ、ロス先生、ちがうんです。この子の母親は全身ガンに侵されていて、侵されていないのは足だけなんです」。私はそれにこう答えました。「ありがとう。でも、あなたの事実は要りません。私に必要なのは子どもにとっての事実なんです」。先生はすぐにわかってくれました。

そのあと、私はひとつ失敗をしました。子どものほうに向き直って、「ロリー、あなたのママの足はきっととても悪いのね」と言いました。すると、子どもはとても怖い顔をして、「ママの足はとても悪くて、もう二度と私たちといっしょに公園を散歩できないんだって言ったでしょ」。まるで「あんた、どこに耳をつけてるの?」と言わんばかりの口調でした。

次に私は、インディアン風の奇妙な模様について質問しました。彼女は答えてくれませんでした。

この仕事にはいくつかのこつがあります。そのこつは試行錯誤しながら学んでいくものです。もし子どもに本当のことを話してもらいたかったら、見当ちがいのことを言えばいいのです。そのうちに子どもはこちらのばかげた質問に飽き飽きして、本当のことを言ってくれます（会場から笑い）。

でも、わかっていないふりをしてはだめです。もしそれがなんだかわかっているのに、わかっていないふりをしたら、すぐに子どもに見抜かれます。でも、その模様が何をあらわしているのか、私は本当にわからなかったので、あれこれ当て推量を言ってみました。全部はずれでした。そのうちに、子どもはうんざりしたような顔で、「ちがう、それは倒れたテーブルよ」。私が「倒れたテーブル？」と聞き返すと、子どもは「そう。ママはもう二度と私たちといっしょに、キッチンのテーブルで食事できないの」。

子どもが三分間に三度も「もう二度と」という表現を繰り返したら、それは彼女がちゃんと知っているということです。そこで私は象徴言語からふつうの言葉に切り替え、こう言いました。「あなたのママは、もう二度とキッチンテーブルであなたといっしょに食事をしないし、もう二度と公園を散歩することはない。それはつまり、あなたのママはもう良くならない、死ぬんだということかしら」。子どもは私の顔をまじまじと見て、「そうよ」と言いました。まるで「そんなことがわかるまでに、どうしてこんなに時間がかかるの」と言いたげでした（会場から笑い）。

「あなたが子どもたちに教えるのではない。かならず（本当にかならずです）子どもたちがあなたに教えてくれるのだ」と私が言う意味は、そういうことなのです。

私は、あなたのママが死ぬということは、あなたにとってどういうことを意味しているのかとたずねました。するとすぐさま、「ママは天国に行くの」と答えました。そして、ぎゅっと口を閉じ、一歩後ろにさがって、ぶっきらぼうに「わかんない」と言いました。

この会場にいるみなさん、二分間だけアメリカ人になってみてください。つまり羞恥心を忘れてください（会場から笑い）。あなた方のなかで、いったい何人が、いまお話ししているような小さな子どもたちに向かって、「あなたのママは天国に行くのよ」という意味のことを言うでしょうか。

どうか正直に手をあげてください。（聴衆、もじもじしたり、せき払いしたりする）。

お二人が手をあげていますね。本当に二人だけだなんて、信じられますか（笑いと、せき払い）。本当に信じられますか。

もし、母親が二日以内に死ぬという子どもたちに「死んだら、ママはどうなるの」と聞かれたら、あなたがたのうちの何人が「ママは天国に行くのよ」という意味のことを言うでしょうか（会場にざわめきが広がる）。

　さあ、三十人くらいの人が手をあげましたね。同じことを私があと十回質問したら、きっと正確な数字がでるでしょう（笑う）。このことをぜひわかっていただきたいのです。世界中どこへ行ってもこの数はだいたい同じです。

「ママは天国に行くのよ」とは口が裂けても絶対に言わない、という方は何人いますか（しばし沈黙。手はひとつもあがらない。押し殺した笑いが広がる）。どなたも手をあげませんね。どこでも、だいたいこうです。

　どうしてみなさんにこんなことをお聞きするかというと、みなさん自身にわかっていただきたかったのです。つまり、たいていの人は子どもに「ママは死んだらどこへ行くの」と聞かれたら、「天国に行くのよ」と答えるものです。これはおとながいちばんよく口にする答えです。それは、あなたのママは痛みも苦しみもない良い場所に行くのだという意味です。だから、おとなはそう答えるのです。でも、この答えは同時に、「お願いだから黙っててちょうだい。もうこれ以上質問しないで、外に行って遊びなさい」ということも意味しているのです。「そんなことはない」と思うかもしれませんが、でもこれは事実です。

　おとなが子どもに対して言いたいのは、「あなたのママは、痛みもない、苦しみもない、いい場所に行くのよ」ということです。そういうことを子どもに伝えたいのです。ところが、その翌日、子どもの母親が死ぬと、そう答えたおとな自身が、恐ろしい悲劇が起きたかのように取り乱し、泣き叫ぶ。子どもがおとなを信用しない理由がおわかりでしょう。

それが、これまでいちばん厄介な問題でした。

私はロリーにこう言いました。「天国の話をするつもりはないわ。あなたのママにいま何が起きているのか、あなたがそれを知ることがとても大事だと思うの。あなたのママは昏睡状態にあるの。昏睡状態っていうのは、つまり、繭みたいなものになったということ。繭は死んでいるみたいに見えるでしょ。ママはもうあなたを抱くことはできない。あなたに話しかけることもできない。あなたのことばに答えることもできない。でも、あなたの言うことは全部ママに聞こえているのよ。もうじき、一日か二日したら、あなたのママは蝶になる。時がくれば、繭は破れて、蝶が出てくるでしょ」(これが言葉による象徴言語です)。

私とロリーは蝶と繭についてあれこれ話しました。ロリーは母親についていろいろ質問をしました。

私は病院に電話をかけ、担当医に、規則の例外を認めてくれるよう頼みました。アメリカの病院は子どものお見舞いを認めていないからです。とても好意的なお医者さんで、子どもたちをそっと病院に入れてくれると約束してくれました。

私は子どもたちに、ママが死ぬ前に言っておきたいことがあるかどうかとたずねました。子どもたちが怒って、「病院はあたしたちを入れてくれないもん!」と言うので、私は「じゃあ、賭ける?」と言いました(こんなふうに、最近では私は毎回賭けに勝つのです)。

棺桶の上に山のように花を積むより、その人が生きているうちに花を持っていってあげたほうがいいし、もしその人が音楽好きなら、こういうときにこそ音楽を聞かせてあげるべきだと、私は心からそう思います。

子どもたちに、ママはどんな音楽が好きかとたずねると、ジョン・デンバーが好きだというので、子どもたちに彼の歌のカセットテープをプレゼントしました。

＊

面談は四十五分ほどで終わりました。とてもすてきな時間を過ごすことができましたが、その結果も素晴らしいものでした。翌日、学校の担任の先生が電話をかけてきて、泣きながら、あんな感動的な病院見舞いはこれまで見たことがないと言いました。

病室のドアをあけると、そこには昏睡状態の母親がいました。夫はベッドからこれくらい（エリザベス、両腕をいっぱいに広げる）離れてすわっていました。孤独を絵に描いたような光景でした。そこには触れ合いというものが欠けていました。

二人のおちびさんは病室に飛び込むと、ママのベッドに駆け上がって、ママに向かって、自分たちは全部知っているのだと報告しました。――ママはもう二度と子どもたちを抱けないこと、でも子どもたちの言うことは全部聞こえていること、そしてあと一日か二日するとママは蝶のように自由になること。子どもたちはちっとも悲しげではありませんでした。沈んでもいませんでした。心から喜んで、楽しそうにそう報告したのです。

無理もありませんが、父親は、最初は声を殺して、でもじきに声をあげて、泣き出しました。そして子どもたちを抱きしめ、子どもたちと心を通わせたのです。先生はとても適切な行動をとりました。親子水入らずで大切な時間を過ごせるようにと、そっと部屋を出たのです。

アメリカの学校には「見せて説明する《ショウ・アンド・テル》」と呼ばれている習慣があります。子どもたちが何かめずらしいものを学校に持ってきて、それについてクラスの前で説明するのです。

翌朝、ロリーは登校すると、それをやりました。彼女は、繭と、蝶が繭から出てくるところを黒板に描いて、同じ一年生のクラスメートたちに、死の床にある母親を病院に見舞ったことを話しました。おそらくこれは、小学一年生が一年生に向かっておこなった、歴史上はじめての「死とその過程のセミナー」でしょう。ロリーが話している間、最初から最後まで泣いていたのは先生ただひとりでした。

子どもたちは心を開き、自分たちが身近に経験した死についてロリーに話しました。たいていは、かわいがっていたペットの死とか、おじいちゃんやおばあちゃんの死でした。母親といっしょに過ごしたひとときのおかげで、この少女はクラスメート全員と心を通わすことができたのです。

でも、それだけではありません。私がみなさんに知っていただきたいのは、もしほんの一時間でも子どもといっしょに過ごし、死の体験を語り合うことができたら、信じられないような効果がもたらされるということです。と申しますのも、あのときロリーと過ごした四十五分間がなかったら、私は今晩ここにはいなかったでしょうから。

*

一月、スイスから帰ったとき、私は手紙の山を前にしてため息をつきました。以前から山のように積まれてはいたのですが、そのときは、クリスマスの後だったのでクリスマスカードがそれに加わって、何万通にもなっていました。私はぐずぐず何かを先に延ばしたいときには、かならずキッチンに行って一日中クリスマスクッキーを焼くことにしています。五月だろうと、八月だろうと、クリスマスクッキーを焼きます（会場から笑い）。私は返事を出していない手紙の山を見ながら、「もう無理だ」と思い、退却することにしました。そして、キッチンのほうへ行きながら、ふと手紙の山を振り返ると、大きな茶封筒が目にとまりました。宛て名は、小さな子どもが書くような大きな活字体で書かれていのす。その封筒を開いてみました。その年はもうクリスマスクッキーは焼きませんでした。

それはロリーからのプレゼントでした。「ロス先生、診察料をお支払いしたいと思います」と書いてありました。彼女は、私に何を贈ったらいいか、何か意味のあるものを贈りたいと、あれこれ考えた末、あるプレゼントに決めました。それは、私がこれまでに子どもからもらったすべてのプレゼントのなかでいちばん貴重なものです。ロリーは私に、母親が死んだ翌日にクラスメートたちからもらったお悔やみの手紙を、全部そろえて送ってくれたのです。どの手紙も、一年生の子どもが描いた絵で、それに二、三行の文がついています。

ある手紙にはこう書かれていました。「ロリー、あなたのママが死んで、わたしもとっても悲しいです。でも、たぶんあなたのママは体を着替えただけだと思います。きっと、ちょうど着替える時期だったんじゃないかしら。云々」（会場から笑い）。

私がみなさんにお伝えしたいのはこういうことです。――もし私たちおとながもっと正直になって、死を耐えがたい悪夢としてとらえたりしなければ、私たちがいまどんな状態で、どんなふうに感じているかを子どもたちに伝えることができるでしょう。もし私たちが気後れせずに思い切り涙をながしたり怒りを表に出したりできれば（怒りを感じていればの話ですが）、そして、子どもたちを人生の嵐からかばおうとしたりせずに、ともにその嵐を乗り切ろうとすれば、きっと次の世代の子どもたちは死とその過程に関して、これほどたいへんな問題を抱えることはないでしょう。

サンディエゴの少年

もしあなたが子どもと向き合い、その子のことを気づかい、そしてその子の答えを恐れなければ、その子は自分のことについて、ほとんどすべてをあなたに打ち明けてくれるでしょう。

数か月前のこと、私はサンディエゴで、あるパン屋に立ち寄りました。ふとガラス越しに外を見ると、小さな男の子が歩道の縁石に腰かけていました。それはそれは悲しそうでした。私は思わず外に出て、その子のそばに腰を下ろしました。

三十分くらい、何も言わずにそのままままわっていました。けっして子どもには近づきませんでした。というのも、性急に近づいたらその子は逃げてしまうだろうと、私は直観でわかっていましたから。

三十分ほどたってから、私はごくさり気なく、ぶっきらぼうに、「しんどいね」という意味のことを言いました。少年は「ああ」と答えました。

それからまた十五分ほどしてから、私は「そんなにひどいの?」というようなことを言いました。彼は「ああ、家出してきたんだ」と答えました。

また五分くらいしてから、私はもう一度「本当にそんなにひどいの?」と聞きました。

少年は何も言わずにTシャツをたくしあげました。私は仰天しました。少年の胸は、アイロンを押し当てられたやけどの跡だらけだったのです。背中も同様でした。

こういうのが、言葉によらない象徴言語です。私は、まるで野犬狩りをしているみたいに、五十分間ただじっと相手のそばにすわって、真剣に相手のことを気にかけ、相手が打ち明けたがっていることをそのまま受け入れただけなのです。

子どもが描いた絵の解釈

もう少し年上の子どもは自発的に詩を書きます。彼らの書く詩もまた魂の言葉です。あるいは、どうしても言葉で表現できない何かを伝えたくて、コラージュ（いろいろな物を切り張りしたもの）をつくります。あなたがもっと正直になって、つまりもっと子どものようになって、それでも子どもたちが何を伝えたいのかがわからないときは、こう言えばいいのです。「わからないから、説明してちょうだい」。そうすれば、子どもたちはちゃんと説明してくれます。

でも、子どものつくったコラージュを見て、口では「素晴らしい」と言いながら心で「つまらないものだ」などと思っていたとしたら、その子があなたに伝えたがっていることを理解する機会を失ってしまいます。何年か前に、後にも先にもこんな例はほかにないと断言できるほど顕著な例を見たことがあります。それは十五歳の女の子がつくったものでした。

それは私にとって、言葉によらない象徴言語のもっとも悲しい、そしてもっとも実践的な例です。それをぜひみなさんにもお見せしたいと思います。コラージュです。その十五歳の少女はこのコラージュを家族全員に見せました。ソーシャルワーカーにも見せました。でも誰ひとりとして、ちゃんと見てはくれませんでした。誰かひとりでもしっかり見て、言葉によらない象徴言語を理解していたなら、あの子は死なずにすんだでしょう。

二週間、まわりの人に見せてまわったあと、彼女は自殺したのです。

その子が自殺した後、ソーシャルワーカーがそのコラージュを私に送ってきました。手紙には「とてもはっきりした例でしょ」とありました。

私にとって、これがどんなに悲しい出来事か、みなさんはおわかりになりますか。ソーシャルワーカーが少女の悩みと苦しみの訴えを聞き取る術を身につける前に、少女は自殺してしまったのです。こんなに悲劇的なことがあるでしょうか。

このコラージュのいくつかの細部について説明しましょう。

このコラージュを解読することは少しもむずかしくありません。これを解読するのに、精神科医である必要はありません。これを「精神分析」する必要はないのです。ほんのいくつかの基本的な知識さえあれば、ただ無心に眺めればいいのです。そうすれば誰もが

――ということはつまり、ここにいる全員が、ということですが――心の奥ではずいぶん多くのことを知っているのだということがわかります。でも私たちは、（頭を指さして）ここでは知識や意識を狭く制限してしまっています。内的な知は、とても言葉では言いあらわすことはできません。その内的な知に触れることができさえすれば、心からあなたの助けを必要としている人の訴えがちゃんと耳に入ってくるはずです。

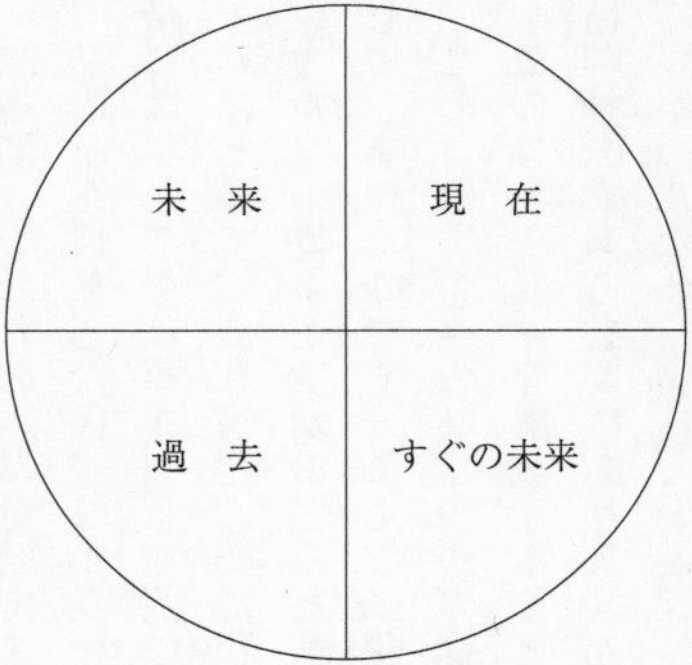

ユングによる四つの部分の図

このコラージュを解読すれば、きっとおわかりになるはずです。――誰かがその少女のためにほんの五分か十分でも割いていれば、彼女は死なずにすんだのです。

ここではユングの教えにしたがうことにします。ユングについては、みなさんきっとご存じでしょう。こういう絵はまず左下の四分円から見ていくのです。この四分円は過去をあらわします。精神分析してはいけません。それが語っていることをただ読むのです。このコラージュをつくった少女は、私たちのために読みやすくしてくれています。彼女は言葉によらない象徴言語と、ふつうの言葉とを組み合わせています。理解しやすいように、言葉を書き添えています。下のほうに、「苦しんでいる子どもがあなたの助けを求めている」と書かれています。絵のほうを見ると、何が描かれているでしょう。海です。どんな海でしょうか。手招きしているような、友好的な海でしょうか。いいえ、暗くて恐ろしい海です。ここには救命ボートも、灯台もない。つかまるものが何ひとつない。彼女は自分の人生を、視覚的にそんなふうに感じていたのです。とても恐ろしい、そしてとてもとても寂しいものとして。さて、右上の四分円に目を移しましょう。ここは現在をあらわします。少女がこのコラージュをつくっている瞬間にどう感じていたか、何をいちばん恐れていたかを語っています。この部分は「私は狂っている」と語っています。彼女は自分が狂ってしまうのではないかと恐れていました。こういう絵を見るときには、まずいちばん大きな絵、あるいは文字を見て、それからだんだん小さな絵や文字に目を移していくのですが、この隅にはまず大きく「なぜ？」と書かれています。そしてそのそばに「ママとなかよく」と書かれています。「いま」をあらわす四分円のなかでいちばん大きなイメージは何でしょう。それは子犬を連れた母犬です。ひとつの家族単位です。次に大きな絵は、人形をしっかり胸に抱いている赤ん坊です。そして三つのなかでいちばん小さな絵は、おどけている猿です。おどけている猿はいったい何を象徴しているのでしょう。それは自分の悲しみを隠すためにおどけている道化のように見えます。猿あるいは道化の絵からは、どんなことが予想されるでしょう。おどけている人にはまだ希望がある。まだユーモアのセンスが残っているのですから。そうです、彼女はまだ救われたかもしれなかったのです。

では翌週には彼女の身に何が起きるでしょう。右下の四分円は近未来をあらわします。この十五歳の少女の近未来には何が起こるのでしょう。どんなことが書かれているでしょう。まず「自由のための闘い」。それから「ふたたび自由を」。それから「つらい選択」。森では、一週間後に予想される生活を、彼女はどんなふうに視覚化しているでしょう。森が描かれていますが、その森のかなりの部分はすでに切り倒されています。未来の予想という点から見ると、かすかな希望が見えます。前面には新しい木がはえてきているからです。でも、一週間前にはまだおどけていた猿はどうなったでしょう。いま何をしているでしょう。おどけるのはやめてしまって、まるで麻痺してしまったように、ただじっとすわっています。

さて左上の四分円は、死をどうとらえているか、そして、将来自分はどうなるか、をあらわします。したがってこの部分は、少女が心の奥底では、つまり霊的・直観的な部分では、現在の状況からどんな結果が生じると思っているのかを物語っています。ではそこには何が描かれているでしょう。彼女はすでに何を知ってしまったのでしょう。病院です。病院では何が起こっていますか。赤ん坊が生まれています。どんな出産でしょう。医師が赤ん坊の足をもって逆さまにぶらさげています。赤ん坊を逆さまにぶらさげるのはどんなときかと言えば、産声をあげないとき、つまりうまく呼吸ができないときです。少女はこのコラージュをつくっているときすでに、やがて呼吸ができなくなるだろうということを知っていたのです。そして、息を吹き返させてくれる熟練した医師に世話してもらうことを期待していたのです。この部分はそんなふうに読むことができます。

もし事がそのように進まなかったら、どうなるのでしょう。二番目に大きな絵を見てみましょう。猫です。猫は何の象徴でしょう。九つの命です。もし医師によって命を救われなかったら、一部の人びとが信じているようなことがあるだろう。つまり生は一つだけではない。もしそれも不可能だったら、彼女の最後の希望は何でしょうか。このコラージュはすべてを語っています。最後の絵は何ですか。灯台です。左下の四分円には、灯台のない暗い海がありました。そして上のほうには灯台があります。これは、ある人びとが経験する灯台、すなわちトンネルの出口からくる光です。この絵はこんなふうに読めるわけです。

＊

これほど古典的な、助けを求める叫び声はほかにありません。問題がどこにあるのかを理解するのも、むしろ簡単です。にもかかわらず、誰にもそれがわからなかった。それこそが悲劇です。彼女の遺体が発見されたとき、彼女はコラージュをもっていました。いうまでもなく、ソーシャルワーカーは、じっくりそのコラージュを見て彼女を助けてやれなかったことで、深い罪悪感に苦しみました。そしてそのソーシャルワーカーと少女の家族は、コラージュを私に送ってきて、耳をかたむけてくれるすべてのおとなたちにこれを見せてほしいと頼んできたのです。このコラージュ全体を覚えておく必要はありません。でもとにかくじっと眺めてください。そして、絶望している、自殺しそうなティーンエイジャーがもしコラージュをもってきたら、ゆっくり時間をかけて、それについていろいろ質問してください。きっとそのティーンエイジャーは、あなたが質問してくれたというだけで、大喜びするはずです。

これこそ、私たちが学ばなければならないことです。つまり、いちばん大切なことにはじっくり時間をかけるということです。人が言わんとしていることに耳をかたむけられること、ちゃんとそれが聞き取れること、それこそがいちばん大切なことです。そして、相手の言わんとすることがわからないときには、謙虚になることです。そんなときには、「あなたが何を言っているのか、私にはわからないの。別の言い方で言ってくれない？」と言えばいいのです。いったん心が通いはじめれば、考えていたよりもずっと簡単だということがおわかりになるはずです。

リズ

少し前、私は死の床にある十二歳の少女のもとに呼ばれました。私どもは彼女を病院から家に連れ帰ることができました。可能なかぎり、私は子どもたちが家で死を迎えられるように努めます。ただし、けっして寝室には寝かせません。寝室はよく子どものお仕置きに使われるからです。おそらくここスウェーデンでも同じでしょう。みなさんも覚えているでしょう、子どものころ、いたずらをすると寝室に閉じ込められて、反省していい子にならなければ出してもらえなかったことを。それで、たいていの子どもは寝室と聞くと、禁止やお仕置きや孤独を連想するのです。

そこで私どもは、子どもをリビングルームの大きなベッドに寝かせ、森や、庭、雲、花、鳥、雪などが見えるようにしてやります。

私が訪れたとき、リズはリビングルームの大きなベッドに寝て、ガンのために、ゆっくりゆっくりと死に近づいていました。母親は素晴らしい態度で娘に接していましたが、父親のほうは娘に言葉ひとつかけてやることもできませんでした。内向的な人で、何ひとつ話すことができませんでした。でも、娘に自分の愛情を示すことはできました。彼は毎日赤いバラを買って帰ってきて、何も言わずにテーブルの上に置きました。家族全員が敬虔なカトリック信者でした。

父親は、ほかの子どもたち（六歳、十歳、十一歳）には、姉の死を知らせないほうがいいという意見でした。私にはそういう考えが理解できません。私はやっとのことでその父親の許可を得て、放課後に子どもたちだけと会い、絵を描かせました。

子どもたちの絵は、彼らがちゃんと知っているのだということを、はっきりと物語っていました。ここでも、最初に象徴言語からふつうの英語に切り換えたのは六歳の子で、その子は「そうさ、お姉ちゃんはもうすぐ死ぬんだ」と言いました。私はこう答えました。「そのとおりよ、ピーター。リズの命はひょっとするとあと一日か二日なの。もし何かリズに対してやり残したことがあったら、いますぐおやりなさい。延ばし延ばしにして手遅れになってしまったら、とってもとっても気持ちが悪いと思うわ」。ピーターは言いました。「ええと、たぶんお姉ちゃんに『大好き』とか言わなくちゃ」。私は答えました。「だめ、言わなくちゃなんて思っているなら言わないほうがいいわ。それはインチキよ。あなたの口ぶりからすると、リズに対して悪い感情もいっぱいもっているんでしょ」。

すると、彼はようやく本音をもらしました。「ああ、時どきすっごくお姉ちゃんのことがうっとうしくなるんだ。さっさと死んじゃえばいいのにって思うこともある」。

「そうね、こういう状態がずいぶん長く続いてるものね。でも、何がいちばんいらいらするの」

「テレビが見られないし、ドアをばたんと閉められないし、友だちを家に連れてくることもできないから」

六歳の子どもにしてみれば、ごく自然な感情です。私はそれを彼の口から言わせたかったのです。私は子どもたちに言いました。——どんな子もピーターと同じ感情を抱いているものだけれど、それを口に出して言えるだけの勇気のある子はめったにいない。ピーターは勇気を出して、自分の言いたいことを言ったのだ。素晴らしいことではないか……。

私は最後にピーターにこう言いました。「あなたが本当に正直な人間なら、いま言ったことをリズに言えるはずね、どう?」。しかし彼はすでにおとなの影響に染まっていて、こう答えました。「こういうことは言っちゃいけないんでしょ」。

「あなたが感じたり思ったりしていることを、リズが知らないと思う? あなたがそれをちゃんとお姉ちゃんに伝えることができたら、どんなに素晴らしいかしら。自分に心を開いてくれる人がいると知ったら、リズもすごくうれしいんじゃないかな」

私が挑発すると、彼はようやく「やってみようかな」と言ってくれました。

私たちはいっしょにリズの部屋に行きました。まんなかにベッドがあり、そのそばに六歳の子どもが立ち、私は、必要なときには後押ししてやろうと、彼のうしろにひかえていました。私のうしろに十歳の子、そのうしろに十一歳の子が立ちました。母親がドアから顔を出して様子をうかがい、そのうしろには父親がいました。心が動揺していない順番に並んだわけです（会場から笑い）。

少年はしばしためらっていましたが、ようやく、ぶっきらぼうに言いました。「ぼく、時どき、はやく片がつけばいいのにってお祈りしたくなることがあるんだ」。彼がそれを口にした瞬間、私は長い診療経験のなかで、もっとも美しい場面を目の当たりにしました。死の床にある十二歳の姉がしくしくと泣きだし、やがて声を上げてわあわあ泣きました。流したのは苦痛の涙ではなく、心底からの安堵の涙でした。

少女は「うれしい、うれしい、うれしい」と言いました。

そして、ようやく泣きやむと、泣くほど深い安堵感をおぼえた理由を説明してくれました。「ねえ、ピーター、わたし、この三日三晩ずっと神様に、早く私を連れて行ってくださいってお祈りしていたの。でもお祈りが終わるたびにママが部屋に入ってきて『ひと晩じゅう一睡もせずに、娘を死なせないでくださいってお祈りしていたわ』って言うの。でも、ピーター、あんたがいっしょに祈ってくれたら、きっとママに勝てるわ」（会場から笑い）。

リズがあまりにうれしそうだったので、みんなはもう「ふり」をやめて、抱き合って喜びました。もちろんいちばん鼻高々だったのは六歳の少年で、顔いっぱいに誇りの笑みを浮かべていました。いちばんよかったのは、娘のことばを母親が聞いたことです。

これで最大の問題が解決され、両親も子どもたちも心の準備ができたのでした。

ところが、リズは死ぬことができませんでした。何らかの理由で、彼女は生にしがみついていました。私は三日後にまたリズの家に行ってみました。どうして彼女にまだ生命があるのか、医学的には説明がつきませんでした。私は母親に言いました。「あの子は少なくとも一週間前には息を引き取っているはずでした。あの子は死ぬ心がまえもできているし、死を望んでいます。でも死ぬことができないのです。私はあらゆる可能性を試しました。何があの子を生に縛りつけているんだと思いますか？　あの子は何かにおびえていま す。もしお母さんが承諾してくれれば、私はあの子にストレートな質問をぶつけてみようと思います。でもお母さんもいっしょにきてください。『あの人は娘に何を言ったんだろうか』と思い悩まなくてすむように、ご自身の耳で聞いてください」。

私はこう言いました。「リズ、あなた、死にたいのに死ねないのね」。

リズは答えました。「そうなの」。

「どうしてかしら」

「天国に行けないから」

私は驚いてたずねました。「だれがそう言ったの？」。

この種の仕事のいちばんの問題は、誰かひとりを救おうとすると、別のだれかを非難しなければならなくなることです。これはどうしても避けられないことです。末期患者は、いたずらに人を怖がらせるような、くだらないうその話をさんざん吹き込まれています。要するに、暗い話ばかり聞かされているために、誰だって暗くなってしまうのです。だから、私はリズに「だれがそう言ったの」と聞いたとき、必死に怒りを抑えていました。

リズの話では、面会に来た神父や修道女が何度もしつこく「この世の中の誰よりも神様を愛していなくては誰も天国に行けない」と言い聞かせたのでした。リズはそう語ると、その細い体で――彼女の腕はチョークみたいに細く、お腹はまるで妊婦のようにふくれていました――力をふりしぼって起き上がり、文字どおり私にしがみついて、まるで神様に聞かれるのを恐れるかのように、私の耳にささやきました。「わかってくれるでしょ、ロス先生。わたし、この世の中で誰よりもママとパパを愛しているの」。私は思わず泣きそうになりました。

こんなに悲しいことがあるでしょうか。問題は、どうしたらそういう子どもを救えるかということです。きれいごとを言うことはできます。でも、そんなことをしても何の役にも立ちません。もちろん、「ママやパパを愛することは、神様を愛することになるのよ」といった意味のことを言うことはできます。でも、それではだめなのです。どうしたら彼女の罪悪感をぬぐい去ってやれるでしょう。

有効なのはただひとつ、私たちが自分自身のマイナス感情を認めることです。私どもはそれを「自分のなかのヒットラー」と呼んでいます。ひとのやりかたが気にくわないときに、意地悪いことを考えるとか、非難するとか、えらそうに判定を下すとか、レッテルをはるとかといった感情です。

私は、リズに対してそういうことをした神父や、子どもに恐怖や罪悪感を植えつけた修道女たちに、激しい怒りをおぼえました。

でも、みなさんにもおわかりだと思いますが、それは私の問題であって、リズの問題ではありません。

そこで私はリズにこう言いました。「私は、だれが正しくてだれが間違っているかっていう議論をするつもりはないの。これまでと同じように話をしましょう」。

私はこういうことを言おうとしたのです、つまり私はこれから——自分のために——家に帰って、どうして自分はこんなに批判がましいのかを反省し、それをとりあえずは机の引き出しにしまっておく、ということです。でも遅かれ早かれ、そのことが仕事の邪魔にならないように、正面からそれに対処しなければなりません。というのも、この世の中で、誰かにいいことをしようと思っても、それが誰か別の人をこきおろすことになったら、とてもうまくいかないでしょうから。

そこで私は言葉による象徴言語を用いました（それを使えるのは本当にありがたいことです）。わたしはリズに言いました。「これまであなたとはいつも学校の話をしてきたわね。

あなたはとても優秀な生徒だった。あなたの夢は学校の先生になることだったわね。あなたと知り合ってから一度だけ、あなたががっくりしているのを見たことがあるわ。それは九月に学校がはじまったときのこと。スクールバスが来て、友だちや弟や妹が乗るのを、あなたは窓から見ていた……」。

その一か月前にはリズは治ったと言われていたのですが、学校がはじまる直前に転移が発見されたのでした。

「たぶんあなたはあのとき、生まれてはじめて打ちのめされたのね。自分はもう二度とあのスクールバスに乗ることはない。大好きな学校にも二度と行けない。先生にはなれない——そう考えたんでしょう」

「うん」

「ひとつだけ質問に答えて。先生は時どき、とてもたいへんな宿題を出すことがあるわね。でも、すごくたいへんな宿題を、いちばんできない生徒に出すかな。私が聞きたいのはね、先生はいちばんたいへんな宿題を、いちばんできない生徒に出すのか、それともクラス全員に出すのか、それとも、ほんの何人かの、いちばん優秀な選ばれた生徒に出すのかっていうこと」

すると、リズの顔がぱっと明るくなりました。あんなに鮮やかな変化は見たことがありません。「先生がそういうたいへんな宿題を出すのは、クラスのなかのほんの一人か二人だわ」。リズはクラスでいちばん優秀な生徒のひとりで、それを誇りにしていました。私は聞きました。「神様も先生でしょ。どう思う？　神様はあなたにたいへんな宿題を出した？　それとも、クラス全員に出すような宿題？」。

ふたたび、リズは言葉によらない象徴言語で、自分のぼろぼろになった体を見おろしました。お腹は大きくふくれ、腕や脚は骨と皮だけになっていました。でも、リズは本当に幸せそうにほほえんでから、大まじめな顔で言いました。「神様はこれ以上たいへんな宿題は、どんな子にも出さないと思うわ」。

私はわざわざ「じゃあ、神様があなたのことをどんなふうに思ってるか、わかったわね」などと言う必要はありませんでした。

＊

私が最後にリズと言葉によらないコミュニケーションを交わしたのは、その数日後、リズの弟や妹たちの様子をみるために立ち寄ったときでした。

私はドアのところに立って、これが最後だと思いながら彼女を見つめ、声には出さずに、さようなら、と言いました。すると突然、リズは目をあけ、はっきりと私を見て、またもや大きな、本当に幸せそうな微笑を顔いっぱいに浮かべて、ふくれあがった自分のお腹を見おろしました。まるで、あなたのメッセージをちゃんと受け取りましたよ、と言っているようでした。

*

私どもはこんなふうに、子どもたちがやり残した仕事をやりとげるのを手伝うのです。末期患者の世話はとても単純です。子どもの場合はとくに単純です。子どもは複雑でないからです。とてもストレートです。子どものいちばん素晴らしい点は、こちらが何かへまをやると、すぐにそれに反応することです。だから何か失敗したときにはすぐにわかります。

私どもは、医学生だけでなく神学生や学校の先生、看護婦さんたちにも、象徴言語を覚えてもらおうと努力しています。象徴言語を覚えれば、いちばん切実に助けを必要としている人たちの言葉が、もっとよく理解できるようになるはずです。

みなさんがたのなかで、お子さんをお持ちの方は、子どもの言うことにじっと耳を澄ましてください。そうすれば象徴言語を覚えることができます。この言葉は、英語やスペイン語やそのほかどんな言語よりも大事な言葉です。助けを必要としている人たちの言葉なのですから。この言葉を覚えることによって、あなたがた自身も人生をフルに生きることができるようになります。

やり残していた仕事をついにやりとげることができた末期患者の言葉を聞けばわかりま

す――彼らはそれによって、生まれてはじめて、人生を百パーセント生きるとはどういうことかを知ったのです。

ダギー

数年前のある日、私はヴァージニアで講演をしていました。ご存じないかもしれませんが、じつは私は講演が大嫌いです。ステージの上に立って、毎日ほとんど同じことを話すのは苦痛です。でも当時は朝九時から夕方五時まで話すのが日課でしたから、壇上から、誰かおもしろい人はいないかと、聴衆一人ひとりの表情を読むことが、私の唯一の楽しみでした。顔を見て、どんな人か、何をしている人か、当てるのです。一種のゲームですね。その日、「ああ、私は一日中この人たちに向かって話をしなければならないんだ」と思いながら、会場を見回していました。最前列に一組の夫婦がすわっていました。そのふたりの顔を見た瞬間、自分でも信じられないような衝動がこみあげてきました。「いますぐ彼らに聞かなくてはいけない。どうして子どもを連れてこなかったのか」と。おわかりでしょうが、こういう感覚は頭の知的な部分からではなく、霊的・直観的な部分からわきあがってくるのです。

まあ（くすくすっと笑いながら）、まともな精神科医だったらそんなことはしないでしょう。もっとも、まともな精神科医なんかいないと思いますが（会場から笑い）。講演の最中に壇上からこんなことを言ったりはしないものです。私は必死に衝動を抑えようとしました。だしぬけにそんなことを口にしたら、みんなは私のことを頭がおかしいのではないかと思うでしょう。でも一方、人が私のことをどう思うかは、彼らの問題であって、私の知ったことではありません。そうでしょう？

そこで私は、まだ時間は早かったのですが、すぐにトイレ休憩にして、その夫婦のところへ行きました。二人とも、とても堅実そうな、きちんとした人たちでした。私の聞きたかったことを、社会的に許されるような言い方でたずねました。「どうしてこんなことを聞きたいのか、自分でもわからないんですけど、とにかくお聞きしたいの。なぜお子さんをお連れにならなかったの？」。

私はその夫婦に笑われたと思いますか。いいえ。ふたりはにこりともせず、私の顔を見て言いました。「そんなことをおっしゃるなんて、不思議ですね。じつは今朝早く、息子を連れてくるべきかどうかをめぐって、ふたりであれこれ話し合ったんですが、結局連れてきませんでした。今日は化学療法の日なもので」。

私の思ったとおりでした。彼らには子どもがいる。それは男の子で、ガンにかかっていて、化学療法を受けている。「どうしてこんなことを言うのか、自分でもわからないけれど、その子は今すぐにでもここに来る必要があるわ」。

その夫婦は無条件の愛がどういうものかを知っていて、ご主人が休憩時間に出て行きました。そして十一時ごろ、かわいい九歳の男の子を連れてもどってきました。その子は青白く、化学療法のせいで髪の毛は一本も残っていませんでした。わけがわからずに、おどおどしていましたが、とにかく三人は最前列に並んですわりました。それからは、その子は私の話す一言一句を理解している様子でした。

父親はその子にクレヨンと紙をあたえました。静かにさせておくため、と彼は考えたのでしょう。ところが、私に言わせれば、それは偶然ではなく、神の配慮なのです。

十二時にランチタイムになりました。例によって、チキンランチでした。私は週に五日同じものを食べているので、その日はパスしました（会場から笑い）。その子どもがクレヨンで描いた絵をもってやってきて言いました。「ロス先生、これ、ぼくからのプレゼント」。私はお礼を言ってその絵を見ました。私は通訳です。通訳すること、翻訳することが私の仕事です。壇上で絵の話をしたときには、まだその子は来ていなかったのですが、そんなことは考えもせず、私は彼に聞きました。「この絵のこと、話してもいい？」。

私が何のことを言っているのか、彼にはすぐにわかりました。彼は両親のほうを振り返って、「うん、いいよ」と答えました。私が「全部？」と聞くと、彼はまた両親のほうを見て、「うん、わかってくれると思う」と答えました。

治らない病気にかかっている子どもは、老賢者のように聡明です。思春期になる前に苦しい経験をしたり肉体が衰えてしまった子どもは、みんな聡明です。神様は奇跡のような手並みで人間をつくりました。人間の霊的な部分は、ふつうは思春期になるまで表にあらわれませんが、肉体の能力が衰えると、それを補うためにちゃんと霊的な能力が発現するようにできているのです。死の床にある子どもが精神的に成熟し聡明なのは、そのためです。そういう子どもたちは、温室で育てられた健康な子どもたちよりもずっと聡明です。だから私たちは子どもをもつ人たちにこう言うのです。「子どもをかばってはいけません。ご自分の痛みや苦しみを子どもたちと分かち合いなさい。さもないと、とても偏ったおとなに育ってしまいますよ。子どもという植物は、いずれは温室から出ていかなくてはなりませんが、そのときに風や寒さに耐えられませんよ」。

講演会場のある町に泊まるのはその晩だけでした。私は、何か新しいことをはじめたり誰かを傷つけておきながら、次の日には「はい、さようなら」というのは避けるようにしています。だからいつでも、その点は大丈夫かと二重三重にチェックします。そのときは、少年の母親のことが心配でした。とても弱そうに見えたのです。だから少年に、全部話してもいいかと聞いたのです。私とその少年が何の話をしていたのか、おわかりですか。私は少年に、絵の内容をご両親に話してもいいかと聞いたのです。

すでに申し上げたように、彼は「うん、わかってくれると思う」と答えました。それでも私は母親のことが心配だったので、直接彼女に聞きました。「あなたのいちばんの悩みは何ですか」。彼女は「つい最近、この子の命はあと三か月だと言われたんです」と言って泣き出しました。

私はダギー（その子の名前です）の絵を見て言いました。「三か月ですって？　そんなはずはないわ。三年かもしれないけれど、三か月なんていうことは絶対にありません」。

彼女は私に抱きついてきて、キスし、礼を言いました。私はこう言いました。「お礼をいわれても困ります。私は通訳であり、触媒です。すべてを知っているのは息子さんで、私は、彼が無意識のうちに知っていることを翻訳しているにすぎません。息子さんの命はあと三年だと言いましたが、それも私の判断ではありません」。

私はその少年と固い友情を結びました。午後の講演のあいだ、ずっと、わたしは鷹のように少年の様子を見守っていました。五時十五分前ごろ、彼はうとうとしはじめました。私はそれを見て、急いで講演を終えました。彼にお別れを言いたかったからです。私は最後に彼にこう言いました。「ダギー。ヴァージニアまではそうたびたびは来られないけれど、もし私が必要になったら、手紙をちょうだい。ただし、私のところではいつでも何千という手紙が山積みになっているから、封筒の宛て名は自分で書くのよ。子どもからの手紙はいつでも最優先で読みますからね。でも念には念を入れて、封筒には『親展』って書いてね」。私はそう言って、彼に「親展」の綴りを教えてやりました。

私は週に一日しか家に帰らないので、子どもからの手紙しか読むことができません。それだけで一日が過ぎてしまいます。最近は、それを知ったおとなの人たちが、子どもの字を真似て宛て名を書いてきます。そういう、私の信頼を裏切るような手紙には、絶対に返事を出しません。たとえ返事を書いても、そういう人とはいい関係を築けるはずがありませんから。

さて、私はダギーからの手紙を待ちました。ところが、待てど暮らせど手紙は来ません。そういうときは決まって頭が口出しするものです。「どうしよう、彼は死んでしまったんだろうか。だとすると私はあの両親にいつわりの期待を抱かせたことになる……」。ありとあらゆる可能性を想定して頭がぐるぐる回りはじめます。頭が回れば回るほど、ますます心配になり、想像は暗いほうへ暗いほうへと向かいます。ついにある日、私は決断しました。「心配ばかりして、ばかばかしい。これまでいつだって、私の直観は正しく、頭はそれほど正確ではなかったじゃないか。心配するのはもうやめよう」。

心配するのをやめた翌日、ダギーからの手紙が届きました。末期患者とつきあうようになって二十年になりますが、あんなに美しい手紙をもらったことはほかにありません。文面はたった二行でした。「ロス先生、あとひとつ聞きたいことがあるの。生きるって何？死ぬってどういうこと。それからどうして小さな子どもが死ななくちゃいけないの。ダギーより」。

どうして私が子どもをえこひいきするか、おわかりですか。ばかげたことで悩まず、ずばり核心を突くからです（会場から笑い）。私はダギーに返事を書こうと思いましたが、仰々しいものを書くわけにはいきません。彼がくれたのと同じようなものでなければなりません。

そこで私は、娘のもっていた二十八色のきれいなフェルトペンを借りて一字ずつちがった色で書いたうえ、その紙を折り、また別の紙も折って、小さな小冊子状のものをつくりあげました。とてもきれいにできましたが、なんだかそれでもまだ物足りない感じがしたので、イラストもいれました。それでようやく投函するばかりになりました。

ところがそこで問題が生じました。私はその手紙が気に入って、手放すのが惜しくなってしまったのです（会場から笑い）。そういうときには決まってやはり頭が口出しし、うまい口実を考え出します。死んだあとになってわかることですが、人生の究極の目標とは、つねに最良の選択をすることです。その手紙を自分の手もとにおいておくというのは最良の選択ではなかったでしょうが、頭は巧みに私を説得にかかります。「おまえにはそれを手もとにおいておく権利がある。死を迎えつつある子どもたちの家を訪問するときに使えるではないか。死んでゆく子どもの、きょうだいの役に立つだろう」。でも、いろんな口実を思いつけばつくほど、私は、今すぐに郵便局へ行ったほうがいいという気持ちになりました。

結局、私は自分にこう言いきかせました。「まる一日あれば写せるが、そんな時間をかけてはいけない。いますぐに投函しなくては。もし彼が今このとき死んでしまって、手紙が間に合わなかったとしたら、どんなに後味が悪いことだろう。何よりも、これは私のためではなく、彼のために書いたのだ」。

というわけで、私はそのまま投函しました。

最良の選択をすれば、かならずその百倍、千倍のご褒美がもらえます。三か月ほどたった三月の末のことです。ダギーがヴァージニアから長距離電話をかけてきました。「ぼくの誕生日にくれたプレゼント、先生に返したいんだけど」と。彼は、死を迎えつつある子どもの親たちに私の手紙を見せたのです。その誰もがコピーを欲しがったので、彼は私に出版許可をあたえることにしたのだそうです。そうすれば、ほかの大勢の子どもたちにも見せることができる、と。

私どもはその手紙を印刷し、『ダギーへの手紙』と呼んで販売しています。

さて、うそをつくとどんなにひどい目にあうか、私の体験をお話ししましょう。たとえ動機が純粋であっても、正直でないと、早晩、厄介なことになります。数か月前のこと、ニューヨークのとても有名なトークショーに呼ばれました。一千万人の聴取者に三分間だけ話すのです。そんなに短い時間では、大切なことは何ひとつ話せません。一つだけ質問され、それに答えるだけで「はい、さようなら」です。かねがね、どうしてみんなはあんなことをするのだろう、と思っていましたが、自分も同じことをするはめになったわけです。

三分間に何を話したいか、こちらの意向を聞いてくれればいいのに、いきなり、私の『死ぬ前にお別れを』に出てくる五歳のジェイミーについて話してくれと言われました。翌日、ダギーから怒りの手紙を受け取りました。「先生はいったい何を考えてるの。どうしてジェイミーのことを話したの？　どうしてぼくのことを話してくれなかったの？　もしラジオを聴いてる人がみんな『ダギーへの手紙』を買ってくれたら、またパパに会えるのに」。

彼の父親は、よくあることですが、医療費と入院費のために二十万ドルの借金をしていました。そして、それを払うために、昼の仕事のほかに夜は夜でアルバイトをし、週末にはまた別の仕事をしていました。だからほとんど息子に会う時間がなかったのです。福祉国スウェーデンに住んでいらっしゃるみなさんには、死に至る病気にはどんな問題が付随するか、おわかりにならないだろうと思います。ところで、私がついたうそというのはこういうものです。ダギーの家族が生活に困っているのを知って、小切手を送ったのです。しかも、私個人の寄付だとはわからないように、小切手に「印税支払い」と書いてしまったのです。『ダギーへの手紙』の印税であるかのように装ったわけです。かわいそうにダギーは、半年ごとに小切手が来るのを期待しています。それで私は本当に困っています（会場から笑い）。

あなたが接する患者さんはあなたに何かを教えていますが、それは死とかかわりがあるとは限りません。人生とか生きることと関係があるかもしれないのです。

苦しむことの意味

死の床にある患者たちは、あなたがじっくりと腰をすえて耳をかたむければ、人間はどんな段階を経て死んでゆくかについて教えてくれます。自分はじきに死ぬのだと知ったとき、誰でもまずそれを否認しようとし、怒り、「どうしてこの私でなくちゃならないんだ」と憤り、神に疑いを抱き、しばし神を否定します。神と取り引きしようとしたり、ひどい鬱状態に陥ったりもします。

死が間近に迫った人間にとって、希望は何を意味するでしょう。回復不能の病気にかかっていると告げられたら、まず「そんなばかな。何かの間違いだ」と思うでしょう。次いで、きっと薬か手術で治るだろうという希望を抱きます。その見込みがないことがわかると、今度は、化学療法とか器官切開とかで症状が軽くなるのではないか、少しは体調が良くなるのではないかと期待します。でもやがて、どんな実験的な薬を飲んでも良くなるのは束の間にすぎず、良くなったり悪くなったりの繰り返しであることがわかります。上がったり下がったりというわけです。あきらめてしまったほうがいいのでしょうか。いいえ、そんなことは絶対にありません。あきらめても、何ひとついいことはありません。どんなに上がったり下がったりしようと、どんな人間のどんな経験にも、かならず意味があります。どんな経験も、ほかではけっして学べないことを教えてくれます。神様は人間に、必要以上の試練をあたえたりしません。

ひとつ試練を乗り越えると、しばらくはとても調子がいい。でもじきにまた新しいことが起きる。目が見えなくなる、下痢を繰り返す、そのほか何らかの症状が再発する。そうなると誰だって、そうした症状の裏に何があるのかがわかってきます。そこで、闘う意欲のある人は闘い、さっさとあきらめる人はあきらめる。でも、あきらめても問題は解決しません。もしその問題の背後に、何か学びうるものを発見できれば……。

あるいは、誰かがそばにいてくれれば、受け入れるという段階に到達できるでしょう。

これは死に特有の問題ではありません。じつのところ、死とは直接には関係がありません。「死に至る諸段階」という言い方をするのは、ほかにもっといい言い方がないからです。ボーイフレンドやガールフレンドと別れたとか、失業したとか、五十年間住み慣れた家から離れて老人ホームに入るとか、いやもっと身近に、飼っていた小鳥に逃げられたりコンタクトレンズをなくしたときにも、死ぬときと同じ段階を経るものです。

それが苦しみの意味です。人が人生で直面するありとあらゆる困難、試練、苦難、悪夢、喪失などを、多くの人はいまだに呪いだとか神の下した罰だとか、何か否定的なものと考えています。でも、ほんとうは自分の身に起こることで否定的なことはひとつもありません。本当です。どうしてみんなはそれに気がつかないのでしょう。あなたが経験する試練、苦難、喪失など、あなたが「もしこれほどの苦しみだと知っていたら、とても生きる気にはなれなかっただろう」と言うようなことはすべて、あなたへの贈り物なのです。それはちょうど……（聴衆のほうを見て）熱い鉄から刃物をつくるとき、何が必要ですか。鍛えることですね。

すべての苦難は、あなたにあたえられた成長のための機会です。成長こそ、地球というこの惑星に生きることの唯一の目的です。あなたが美しい庭にすわっているだけで、銀の皿にのった豪華な食事を誰かが運んできてくれるのだとしたら、あなたは成長しないでしょう。でも、もし病気だったり、どこかが痛かったり、喪失を体験したりしたときに、それに立ち向かえば、あなたはかならず成長するでしょう。痛みを、呪いとか罰としてではなく、とても特別な目的をもった贈り物として受け入れることが大切です。

その臨床例をひとつご紹介しましょう。私どもでは期間が一週間のワークショップを主催しています。参加者は一週間泊まり込むのですが、あるとき一人の若い女性が参加しました。彼女は子どもを亡くしたわけではありませんでしたが、私どもが「小さな死」と呼んでいるものをいくつか経験していました。彼女にしてみれば少しも「小さ」くはなかったのですが。心から待ち望んでいた二人目の子ども――女の子でした――を産んだとき、いささか非人間的な言い方で、この子は知能に大きな障害があると告げられました。実際、その子は自分の母親すら認識できませんでした。夫はそれを知って、出て行ってしまいました。突然、彼女は深刻な状況に立たされました。ふたりの幼い、しかも大いに助けを必要とする子どもたちを抱え、仕事も収入もなく、助けてくれる人もなかったのです。

彼女は最初、すべてを否認しようとし、「知的障害」という表現すら口にすることができませんでした。

その段階を越えると、今度は激しく怒り、神を呪いました。最初は、神など最初から存在しないのだと考え、次いで、神はいやなやつだと言いだしました。そのあと、神と取り引きをしました。もしこの子の知能が少しでも発達したら、いや少なくとも自分のことを母親と認めてくれさえしたら、神を信じよう、というふうに。やがて彼女は、こういう子どもをもつことには、それなりの意味があるのだということに気づきました。そこで、最終的に彼女が自分の問題をどう解決したのかを、みなさんにお話ししたいと思います。あるとき彼女は、この世には何ひとつ偶然というものはないのだ、ということに思い当たりました。彼女は子どもの顔をじっと見て、この植物のような小さな人間がこの世に生きていることに、いったいどんな意味があるのだろうかと必死に考えました。そしてとうとう答えを見出したのです。その答えは、彼女が書いた詩のなかに書かれています。それをここで朗読しようと思います。彼女は詩人ではありませんが、それでもこの詩はなかなか感動的です。詩のなかで、彼女は子どもの身になって、母親に語りかけています。タイトルは「おかあさんに」です。

おかあさんに

おかあさんって何かしら。
それは特別なもの。
わたしがこの世にやってくるのを、何か月も待っていてくれた。
生まれたとき、あなたはそこにいた。
生まれてからほんの数分のわたしを見た。
おむつを換えてくれた。
あなたは長いこと、どんな子が生まれてくるのだろうか、と
あれこれ思いめぐらしていた。
上の子のようにおませだろうか。
学校に行き、大学に進み、結婚するのをずっと見守ってやろう、と。
どんな子だろう。家族の誉れになるだろうか。
でも神様はわたしに別のプランを考えていた。わたしはわたし。

わたしのことを「おませ」と言った人はいない。
わたしの頭のなかでは、何かがちゃんとつながっていない。
わたしは一生、神様の子どもでいる。
わたしはしあわせ。
わたしはみんなを愛し、みんなもわたしを愛してくれる。
言葉はうまく話せないけど、
愛も、ぬくもりも、やさしさも、心づかいも、伝えることができるし、理解もできる。
わたしの人生には特別な人たちがいる。
時どきわたしは笑い、時どきは泣く。
なぜかしら。
わたしはしあわせ。特別なお友だちから愛されているから。
それ以上、何がほしいというの。
たしかにわたしは大学には行かない。結婚もしない。
でも悲しまないで。神様はわたしを特別な人間にしてくれた。
わたしはひとを傷つけない。愛するだけ。
たぶん神様は、愛することしか知らない子どもを必要としている。
洗礼のときのことを覚えていますか。

あなたはわたしを抱いてくれた。
泣かないかしら、落とさないかしらと、びくびくしながら。
わたしは泣かなかったし、落ちなかった。
神さまと、おかあさんと、わたし。
とても楽しい日だった。
あなたはやわらかくて、あたたかくて、わたしに愛をくれる。
でも、あなたの目のなかにはなにか特別なものがある。
わたしにはそれが見える。
ほかの人たちからも、それと同じ愛が感じられる。
こんなにたくさん愛してもらえるなんて、
きっとわたしは特別なのね。
世間の目から見たら、わたしはいい子ではない。
でもわたしは、
ほかの子にはできない約束をしてあげる。
わたしは、愛と、善と、無垢しかしらないから、
わたしたちは永遠を共有することができるわ、おかあさん。

この同じ母親が、つい数か月前には、プールサイドで赤ん坊をはいはいさせ、自分が台所に行くふりをしているあいだにプールに落ちて溺れてしまえばいいと願ったのでした。彼女の内部で、たいへんな変化が起きたのです。

＊

自分の人生で何が起きているのかを、つねに両側から見ていれば、これと同じことが誰にでも起きます。人生にはかならず二つの面があります。治る見込みのない病気にかかったとき、耐えがたい痛みに襲われたとき、相談相手がいないとき、あるいは、人生はこれからだというのに、どうして自分は死ななければならないのだ、あまりに不当だ、と腹がたったとき、コインの裏側を見てごらんなさい。そうすれば、これまで引きずってきたくだらないことをいっさい捨ててしまえる、そういう幸せな人びとの仲間入りができます。

それができたら、死の床に伏している人のところに行って、その人の耳がまだ聞こえるうちに、何のてらいもなく「愛しています」と言えるでしょう。もう、感傷的な美辞麗句なんて必要なくなります。人生は短いのですから、結局のところは、自分が本当にやりたいことをやったらいいのです。みなさんのなかで、本当にやりたいこと、つまり百パーセント生きるということを実行している人はどれくらいいますか（ほんの数人の手があがる）。やりたいことをやっていない人は？（もっと多くの手があがる）。あした転職したらどうです？（笑う）。

やりたいことだけをやる、というのは本当にたいせつです。そんなことをしたら貧乏になるかもしれない、車を手放すことになるかもしれない、狭い家に引っ越さなくてはならないかもしれない。でもその代わり、全身全霊で生きることができるのです。世を去るときが近づいたとき、自分の人生を祝福することができるでしょう。人生の目的を達成したのですから。そうでないと、娼婦のような人生を送るはめになります。つまり、なにかある理由のために生きる、ほかの人のご機嫌をとるために生きるはめになります。それでは生きたことにはなりません。したがって、こころよい死を迎えることはできないでしょう。

自分の内部からの声、自分の内的な知恵に耳をかたむけることです。あなた自身のことに関する限り、あなたはほかの誰よりも賢いのですから、きっと間違えることなく、人生で何をなすべきかを知るでしょう。そうなったら、もう時間など関係ありません。

身につけなければいけないのに、身につけるのがいちばんむずかしいもの、それは無条件の愛です。これを体得するのは本当にむずかしい。ご存じのかたもあるかと思いますが、ヴァージニア・サターは無条件の愛とはどんなものかを、じつに美しく歌い上げています。

わたしはあなたを
束縛せずに愛したい
判定せずに称賛したい
侵入せずに結ばれたい
強制せずに誘いたい
後ろめたさなしに別れたい
責めることなく評価したい
見下すことなく助けたい
あなたも同じようにしてくれたら
ふたりはほんとうに出会い、おたがいを豊かにできるでしょう

繭と蝶

私がここスウェーデンにはじめて来たのは一九四七年のことでした。あれ以来、いろんな変化がありました。もし私が現在何をやっているか、あのときすでに知っていたなら、はたしてやる勇気があったかどうか、わかりません。

二日前、私はドゥイスブルクに行きました。最初に出迎えてくれたのは核兵器の脅威や核兵器探知機について書かれた大きなプラカードを掲げた人たちでしたが、死を迎えつつある子どもたちの相手をしている人間に対して、どうしてそんなに脅威を感じるのか、私は不思議でたまりませんでした。

きょうは、ひとりの精神科医として、手短にお話ししようと思います。お聞きになれば、私どもが末期患者と接するなかでどれほどたいせつなことを学んだか、わかっていただけることと思います。末期患者は、死にいたる過程についてのみならず、やり残した仕事がないように生きるにはどうしたらよいかについても、多くのことを教えてくれます。

人生をじゅうぶんに生きてきた人は、生きることも死ぬことも恐れないでしょう。じゅうぶんに生きたということは、やり残した仕事がないということです。やり残しがないようにするためには、その人が、私たちのほとんどとはちがったふうに育つ必要があります。もし子どもたちが自然に育てば、つまり私たち人間が創造されたように育てられれば、死とその過程について本を書いたりセミナーを開いたりする必要はなくなるでしょうし、百万人もの子どもたちが行方不明になり、何千もの子どもたちが自殺によって若い命を絶つという恐ろしい問題も生じないでしょう。

四つの部分

人はみんな四つの部分からできています。肉体的な部分、感情的な部分、知的な部分、そして霊的・直観的な部分です。

生まれたとき、私たちはもっぱら肉体的な存在です。生きることも死ぬことも恐れずに自然に育つためには、最初の一年間に、たくさんの愛と、抱擁と、肉体的な接触が必要です。そして人生の終わり近くになって老人ホームで暮らすおじいさんやおばあさんにとっても、いちばん重大な側面は、じゅうぶんに触れてもらいたい、愛してもらいたい、抱擁してもらいたいといったことです。私たちの住む社会では、無条件の愛を惜しみなくあたえてくれるのはたいていい老人——おじいさんやおばあさんです。

各世代が別々に生活している社会、つまり年寄りは老人ホームに、病人は病院に、子どもは学校にという社会では、ほとんどの子どもは、人生のさまざまな側面を知らないまま成長します。それが、一歳から六歳の子どもの感情の部分の発達における最初の問題となります。一歳から六歳というのは、生涯にわたって彼らを特徴づけるような基本的態度を身につける時期です。

子どもたちは、無条件の愛と、首尾一貫した確固たるしつけとによって育てなければなりません。罰してはいけません。これは簡単そうに聞こえますが、けっして簡単ではありません。子どもの行動が気にくわなくとも、その子を深く愛することは可能です。それができれば、子どもは六歳ごろに知的な部分をみごとに発達させるでしょう。学ぶことを愛し、学校に行くことを怖がったりせず楽しみにするようになることでしょう。

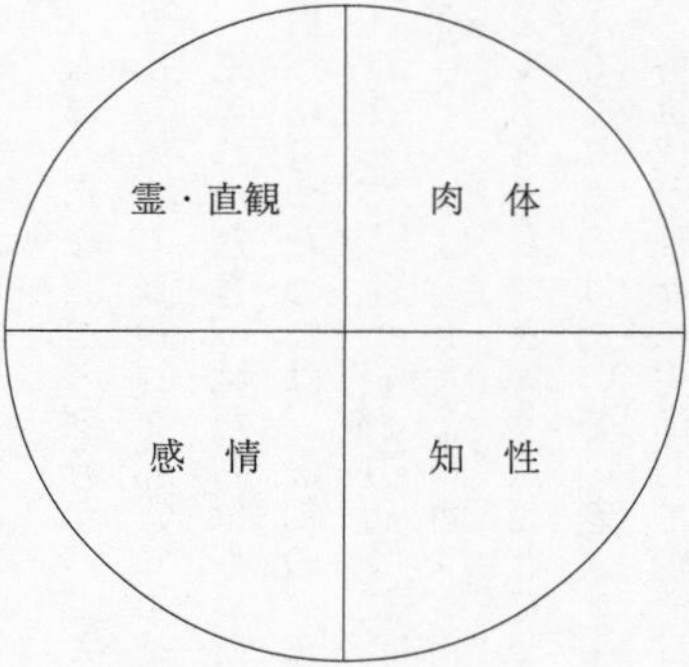

私が死ぬ前に実現したいと思っている大きな夢は、ＥＴセンターを創立することです。もっと正確に言うと、老人ホームをＥＴセンターに変えることです。映画『ＥＴ』はみなさんご存じですね。

私の構想するＥＴセンターは、老人と幼児の家です。まんなかの世代はとばしますが、まったく問題ないはずです。七十年ものあいだ社会に貢献してきた老人には、自分の家をもつ権利があります。自分の家具のある、快適で、プライバシーの守れる家を。彼らは一階に住みます。そして家賃を払う代わりに、それぞれ一人の子どもの世話をし、徹底的に甘やかすのです。老人たちは、共働き夫婦の家にいる幼児のなかから、いちばん気に入った子どもを選びます。親たちは毎朝ETセンターに寄って、子どもを預けてから仕事に出かけ、夕方引き取りに来ます。

これは老人と子どもの両方にとってとてもいいことです。老人は子どもにさわってもらえます。幼児というのは、しわくちゃの顔が好きです。吹き出物すら好きです。吹き出物でピアノを弾いたりします(会場から笑い)。老人はもっと抱かれ、触れられ、キスされることを必要としています。とくに子どもから。まだ二、三歳の子どもたちは、こうして全面的な無条件の愛を知るでしょう。人生の早い時期に無条件の愛をあたえられれば、その後の人生でつらいことがあっても、なんとか対処していけるものです。無条件の愛を一度経験すれば、それは一生持続します。父親や母親は、もし自分自身に経験がなかったら、子どもにもあたえることができないかもしれません。でも、無条件の愛はかならずしも両親からもらわなくてもよいのです。これが、私のETセンターの夢です。

思春期になると、ごく自然に霊的・直観的な部分が発達します。妨害されることなく、成長によって自然な進化をとげることができさえすれば、かならずそうなります。あなたのなかで、すべての知を握っているのはこの霊的・直観的な部分で、それは人間のなかで、作り上げなくてもよい唯一の部分です。持って生まれたものですから。私たちはまた、ある素晴らしい能力を授かっていて、何かを失うと、かならず、失ったものよりももっといいものが得られます。白血病や、脳幹腫瘍や、その他の病気で幼くして死んでゆく子どもたちは、肉体の部分は弱っていきますが、その代わりに彼らは贈り物をあたえられます。私たちおとなはこのことをじゅうぶん理解していないのですが。その贈り物とは何か。時には三歳や四、五歳で霊的な部分があらわれてきます。彼らの苦痛が長ければ長いほど、激しければ激しいほど、霊的な部分はそれだけ早くあらわれます。彼らは、外見的にはほんの小さな子どもに見えます。実際、病気のせいで、同じ年齢の子どもよりも小さいです。でも霊的な部分が大きく開いているので、まるで老賢者のようなことを言います。

そうした子どもたちは、私たちの師になるためにこの世に生まれてきたのです。もし子どもたちの言うことに耳をかたむけず、子どもなんだから死についてなど知っているはずがないと、ばかにしてかかり、遊び半分で子どもと接していたら、私たちは多くのものを失うはめになります。

問題なのは、本当に直観的なのはごく一部の人間だけで、私たちの多くは自分自身の声に耳をかたむけず、ひとの言うことばかり聞いているということです。それは私たちが条件つきの愛で育てられたからです。「学校でいい成績をとったら愛してあげる」とか「高校に入れたら愛してあげよう」とか「ああ、うちの息子は医者なんです、って言えたら愛してあげる」とか言われながら育ったら、子どもは、愛は買うことができるのだと思い込みます。両親が望むようなものになれば愛してもらえるのだ、と。そして最後には娼婦になってしまうのです（会場から笑い）。売春はいまの社会で最も深刻な問題ですが、私の言っているのはふつうの意味の娼婦のことではありません。それは「もし……すれば」という発想法です。両親から愛されるためなら何でもする、本当に何でもする、という人がいかに多いことか。そういう人たちは、愛は買えると思っているのです。愛を買おうと思って、彼らは一生うろうろ探し回ります。でも、愛は見つからない。真の愛は買えないからです。そういう人たちは死の床で悲しそうに私に言います。「私はいい暮らしをしてきました。でも本当には生きてきませんでした」。私が「本当に生きるってどういうことですか」と聞くと、こう答えるのです。「私は弁護士として（あるいは医者として）成功しました。でもじつは大工になりたかったんです」。

＊

末期患者に接するときは、最初は何よりもまず患者の肉体的な要求に応えてあげなければなりません。つまり、まずは患者の肉体の部分と接するわけです。何よりも痛みを取り除いてあげることが先決です。感情的な手助けよりも、霊的な助けよりも、何よりも先に、肉体の安楽、痛みの除去が必要です。患者が痛みにのたうち回っているときに、感情的あるいは霊的な手助けをすることなんてできません。と言っても、痛み止めの注射で朦朧としていたら、これまたコミュニケーションはとれませんが。

そこで、私どもではどうしているかというと、痛みがはじまる前に痛み止めの飲み薬をあたえます。そのまま定期的に痛み止めを飲むようにしますと、最後まで痛みを感じないし、意識もはっきりしたままでいられます。これらのことが、感情的な助けの前提条件になるのです。

肉体的に安楽で、痛みがなく、ひとりぼっちにしておかれず、意識がはっきりしていて、コミュニケーションがとれるとき、そのときはじめて感情的な部分へと向かうことができます。

しかし、ひとことも言葉が話せない末期患者と、どうしたらコミュニケーションがとれるでしょう。ALS（筋萎縮性側索硬化症）の患者、あるいは重度の脳卒中で全身が麻痺している患者とコミュニケーションをとるにはどうしたらいいのでしょう。患者が、たとえば背中をかいてほしいとき、私たちは、どうしたらそれをわかってあげられるでしょう。こちらは読心術師ではありませんし、読心術のできる人なんてめったにいるものじゃありません。ではどうしたらいいのでしょう。そういう場合は、会話ボードをつくるのです。アルファベット一覧表とか、大事な人名のリストとか、からだのあらゆる部分の名称を書いたものとか、重要な生理的欲求のリストをつくるのです。そうすれば十歳の子どもだって、そのリストを見て、文字や単語を指さして、自分の言いたいことを伝えることができます。

この会話ボードは、ＡＬＳの患者にとってはまさに天からの贈り物です。でも脳卒中の患者にはそれほど役に立ちません。単語を理解できなくなっている場合が多いからです。ですから、脳卒中の患者には絵のボードをつくる必要があります。

会話ボードのことを知っておくことは大事です。と申しますのも、どんなに知的な患者であっても、四年間も寝たきりで、どんなコミュニケーションもとれないとなると、世話をしている人は、何しろなんの反応も返ってこないので、その患者がまるで耳も聞こえず、話もできないかのように扱いがちです。いっさいのコミュニケーションを遮断された人というのは、考えられる限りもっとも悲惨です。

二、三年前、ある女性から相談を受けました。彼女のご主人は、まだ中年ですが、全身が麻痺して、口がきけない状態がもう四年続いていました。

その家に行ってみると、彼は本当に打ちひしがれたようにベッドに横たわっていました。まだ小さな子どもが二人いて、奥さんはやつれきっていました。何かにおびえて暴れるというのが、彼の示す唯一の反応でした。

私は会話ボードを使って、何にそんなにおびえているのかとたずねました。彼は「妻は私を厄介払いしようとしている」と答えました。私は言いました。「厄介払いですって？　奥さんは、昼も夜も、二十四時間休みなく四年間もあなたの世話をしてきたんでしょ？」「ええ、だからこそ私を厄介払いしたいんです。疲れはてたんです。もうこれ以上は体がもちそうもないので、私を入院させる手続きをとったんです」。彼はこう続けました。——自分の命はあと数週間だ。なのに妻は私を入院させようとしている。入院すれば人工呼吸器をつけられることはわかっている。それだけはいやだ、と。

彼はさらにこう続けました。——私は四年間、子どもたちの成長を見守ってきた。自分は最後までちゃんと病気に対処できる。なのに、あと数週間の命だというのに、妻は私を病院に追いやろうとしている。お願いだからもう少しだけがんばってほしい。じきに死ぬと約束する。それほどの負担にはならないはずだ……。

私は、患者と子どもたちの前で、奥さんに向かって、彼の言っていることは本当かとたずねました。彼女は、夫の言うとおり入院の手続きをした、私はもう肉体的限界に達した、と答えました。二十四時間つきっきりで病人の看護をしたことのあるかたなら、四年間それを続けるなんて人間業ではない、ということがおわかりでしょう。私は彼女に、あとほんの数週間だけがまんできないかとたずねました。患者の精神状態は正常だ、その患者が自分はあと二、三週間で死ぬと言っているのだから、願いを聞き入れてやったらどうか、と。

彼女は、ごく簡単に言えば、男手が必要だという意味のことを言いました。男手なしに暮らすのはそんなに大変か、と私がたずねると、彼女はこう答えました。——いや、そういうことではない。夫の手を借りずに暮らすことにはもう慣れた。男手が欲しいというのは、つまり、夜八時から朝八時まで看病を代わってくれる丈夫な人が必要だということで、そうすれば私は睡眠をとることができる……。みなさんのなかで、病気の子どもをもった経験のある方ならおわかりになるでしょう、彼女の言い分にはまったく無理がありません。

この世に偶然というものはない、というのが私の信念です。みんなが偶然だと思っているものはじつは「神の配慮」です。私はその家を訪問した翌日から、五日間のワークショップを開くことになっていました。で、私はその奥さんにこう言いました。「私が今日ここに来たのは、明日からのワークショップには、あなたがたにとってぴったりの人物があらわれるにちがいない、という確信があったからです。その人を誘拐して、ここに連れてきてあげます（会場からくすくす笑い）。その人に夜の看病を代わってもらったらいいでしょう。万が一そういう人が見つからなかったら、また私が様子を見にきます」。

この女性は、私が神の配慮と呼ぶものを固く信じているタイプの人でしたから、あと五日間がんばってみますと応じました。

翌日、ワークショップがはじまりました。当たり前のこととして、参加者はいつでも女性のほうが男性よりも多いのですが、このときは、私は男性しか目に入りませんでした

(会場から笑い)。参加者は百人いましたが、男性だけを一人ずつじっと観察しました。「あの人はどうかな? いやだめだ。この男性はどうだろう? いや、ちょっとちがう」。ちょうどぴったりだと思える人は一人もいませんでした。

水曜日になると、私はだんだん不安になってきました(笑い)。私の直観はだいたいいつでも当たるのです。頭を使うとおかしなことになるのですが(笑い)。とにかく、水曜日までに私は男性を全員チェックしました。ただ、まだ自分のことを話していない男性が一人だけいました。参加者は一人ずつみんなの前で自分のことを話すのですが。

やがて彼の番がきて、彼は自分の話をはじめました。彼が口を開いた瞬間、私は「こりゃダメだ、この人にはあの患者の世話はできない」と思いました。その男性の話ぶりは、こういう言い方を許してもらえるなら、じつにカリフォルニア的でした(聴衆、大笑い)。これはいじわるな表現ですが、私はそれほどひどい意味で言ったのではありません。ただ、彼は、何というか、自分で自分を包むみたいなすわり方をしていて(エリザベス、それをやってみせようとする)、……わたしには真似ができません。

彼の話によると、彼はこれまで世界各地のありとあらゆるワークショップに参加してきたそうで、玄米と生野菜を食べて暮らしていました(会場からくすくす笑い)。ひどい言い方ですが、極端主義者の生きた標本みたいな男性で(笑い)、おまけにワークショップ中毒にかかっています(聴衆、大笑い)。私はそういう連中を寄生虫と呼んでいます。彼らは働かず、年じゅうあちこちのワークショップに出てばかりいるのです（笑い）。彼の話を聞くうちに、「ダメだ、ダメだ、こんな人をあの家に送るわけにはいかない」という思いをますます強くしました。

身の上話を終えると、彼は言いました。「あなたを見習いたくて来ました。ぼくはこういう仕事がしたいんです」。私は心のなかで「ようし、やらせてあげようじゃないの」と思い（会場から笑い）、こう言いました。「一日十二時間働ける？」。

「ええ」

「話せない人の世話ができる？」

「ええ」

「その人は書くこともできないのよ」

「平気です」

「昼も夜も働ける？」

「平気です」

「全然お金がもらえなくても？」

「平気です」

患者の状態がいかに深刻かをこちらが強調すればするほど、その男性はますますやる気になるのでした（笑い）。とうとう、私はこう言わざるを得なくなりました。「わかりました。仕事は金曜の夜八時からです」（笑い）。

彼が仕事にあらわれるとは、これっぽっちも期待していませんでした。「金曜のお昼にワークショップが終わったら彼は姿を消すだろう」と思っていました。

ところが彼はその患者の家で働きはじめたのです。しかも、患者をあんなに一生懸命に世話してくれた人はそれまでいなかったほど。脚をマッサージし特別の料理をつくり患者に本を読んで聞かせました。本当に真心を込めて世話をしたのです。しかも、患者が死んだあとも、家族が立ち直るのを見とどけるまで二週間その家にとどまったのです。

私がこのことから得た教訓は、カリフォルニアの人間を見くびってはいけないということでした（聴衆、大笑い）。もし、もしですよ、あなたが誰かに対して否定的な反応を示したら、それは、あなた自身にやり残した仕事があるということです。私はその男性に対して、きわめて否定的な反応を示しました。だから、家に帰って、どうして私は玄米とか生野菜と聞くと拒絶反応を示すのか、考えてみました。それは私がコーヒーを飲み、ハンバーガーを食べ、タバコを吸い、健康食品の類にはアレルギーを起こすからです（笑い）。とにかく、こういうふうにして、自分のやり残した仕事は何かを診断するのです。これをやることはとても大事です。

さて、患者の生理的欲求の世話を終えたら、次は、コミュニケーションの方法があるかどうかをたしかめることです。会話ボードのことを知っていれば、コミュニケーションの方法がない、などということはありえません。そこではじめて、感情の部分の世話が可能になります。

＊

あなたがヘルパーとしてすべきことは、じつに単純です。何をしてあげられるかを患者に聞けばいいのです。末期患者は、知性の部分からではなく、直観の部分から話すでしょう。その言葉に耳をかたむけ、患者が死の瞬間まで生きるためには、文字どおり生きるためには、何が必要かを知ることです。

ただし、あなたの助けを求めない患者も大勢いる、ということも覚えておかなくてはなりません。そういう患者は、丁重に、あるいはそれほど丁重ではない言い方で、「ここで何をしてるんですか。どうぞ帰ってください」という意味のことを言います。

患者を助けたいと思っている人たちの多くは、帰れと言われると、とても傷つきます。でも、そんなときは考えてみましょう。あなた自身が病院で死を迎えようとしているとします。誰か知らない人が来て「やり残した仕事を片づける手伝いをしてあげます」などと言ったとしたら、あなただって「いいえ、結構です」と言うかもしれません。やり残した仕事を片づけるのなら、よく知っている友だちに手伝ってもらいたい、病院が勝手によこした人なんか嫌だ、と思うのではないでしょうか。

患者と接していて、「自分は患者から愛されていない」「望まれていない」「必要とされていない」と感じたときは、じっくり考えてみましょう。患者は、あなたにそういう感じを抱かせることによって、あなたにもやり残した仕事があることを教えてくれようとしているのです。もし、あなたが自分自身を尊敬し、自分の役割に自信があったら、患者から「結構です」と言われたくらいで落ち込んだりしないはずです。これは、患者の世話にたずさわる人にとっては、「燃え尽き」ないためにもとても大事なことです。あなた自身にやり残した仕事がなければ、死に臨む子どもたちや、殺された人の家族や、自殺した人の家族や、常識では考えられないような悲劇に、週八十時間取り組んでいても、けっして燃え尽きたりしません。

五つの自然な感情

人間は神様から五つの自然な感情を授かりました。恐怖と、罪悪感と、怒りと、嫉妬心と、愛です。でも六歳になるまでに、持って生まれた自然な感情は、すべて不自然な感情に変わってしまいます。自然な感情はあなたのエネルギーを保ちますが、不自然な感情は緊張を強い、ついには「燃え尽き症候群」と呼ばれるようなものを引き起こします。燃え尽きるという経験をしたことがある人はいますか（数人が手をあげる）。そんなもの、存在しませんよ（会場から驚いたような笑い）。燃え尽きるなんていう言い方は、「悪魔のせいだ」っていうのと同じくらいばかばかしい（会場から笑い）。悪魔のせいだなんてことはありえません。責任は当人にあるのです。燃え尽きというのは……そうですね、たとえば、あなたがＩＣＵ（集中治療室）で働いていたとします。そこには末期患者が五人います。退勤まぎわに六人目の患者が運び込まれ、あなたはその患者に付ききりでいなくてはなりません。あなたは心のなかで「もうこれ以上は無理だ」と言うでしょう。それでも、欲求不満や、無力感や、腹立ちや、怒りや、不公平感を、表に出すことはできません。人の世話をするのがあなたの仕事ですから、欲求不満やマイナスの感情にはぴたっと蓋をしてしまいます。めそめそしたり、泣きわめいたり、医師に八つ当たりすることはできません。いつでも顔に笑みを絶やしません。それがしばらく続くと、爆発しそうになります。たとえ爆発しなくとも、ぐったりと落ち込んでしまい、翌日には病気でもないのに病人のように寝込んでしまいます。こういうのが燃え尽き症候群です。

でも、もしまた自然な勤務状態にもどれば、毎日七時間、一日も休まずに働いても、ぴんぴんに元気でいられます。保証します。眠くなることはあるでしょうが、けっして落ち込んだりはしません。

自然な感情を大事にし、それが不自然な感情に変わってしまわないようにしなければなりません。自然な感情について、手短にお話ししましょう。

＊

持って生まれた自然な《恐怖》は二つだけです。高いところから落ちる恐怖と、不意の大音響に対する恐怖です。小さな子どもをここに連れてきてごらんなさい（ステージを指す）。子どもは降りられないでしょう。人間は生まれつき高所が怖いのです。でも私は「死とその過程」を看板にしている女ですから、死ぬことは怖くありません。背後で銃声が聞こえたら、あわててどこかに隠れます。私のすばやさには、みなさん仰天するでしょう。

そういうのが、高所と大音響に対する自然な恐怖です。この恐怖があるおかげで、私たちは傷つかずにすんでいるのです。つまり、文字どおり生き延びるためにはこの恐怖が必要なのです。

（聴衆のほうを見て）ほかにどんな恐怖がありますか（会場が陽気にざわざわする）。いくつかあげてみてください。（聴衆からの答えを繰り返して言う）「死の恐怖」。ほかには？

「失敗」「人工呼吸器」「孤独」「拒絶」「高所」「得体の知れない恐怖」。そのお隣の人は？「蛇。ネズミ。クモ」「人間」（会場からくすくす笑い）。いろいろありますね。

誰でもいつのまにか無数の不自然な恐怖を抱くようになり、自分の恐怖症を子どもに伝え、子どもはまたその子どもにそれを伝えるのです。聖書にじつに美しく記されているように、「父親の罪は子に、そして子の子に伝えられる」のです。原罪というのはそういう意味です。

信じられないかもしれませんが、多くの人は恐怖のために、生きるエネルギーの九〇パーセントを費やし、日常生活の選択をしています。恐怖はあなたの人生にとって最大の問題なのです。もし自然な恐怖以外に何ひとつ恐怖のない生活ができれば、人生をフルに生きることができます。人間は自分ではそうと気づかないうちに、恐怖にもとづいてじつにさまざまな決断を下しています。まわりの人がどう思うかという恐怖、自分は人から愛されていないのではないかという恐怖、見放される恐怖、親の期待に沿うようないい子になれないという恐怖、これらの恐怖が、世界のどの国でも、青少年の自殺の理由のなかでいちばん多いのです。今晩家に帰ったら、おひとりで考えてみてください。自分は子どもに「愛している」と言うとき、無意識のうちに「もしおまえが……なら」という条件をつけてはいないか、と。

周囲はどう考えているのかという恐怖や、自分は愛されていないのではないかという恐怖のない人は、人生を百パーセント生きることができます。

子どもの小さな棺の前に立って、両親がこんなふうに言うのをよく耳にします。「どうしてこの子をあんなに苦しめてしまったんだろう。どうしていい面を見てやらなかったんだろう。どうして『うちの息子は毎晩ドラムばかり叩いていて困る』なんて文句ばかり言ったんだろう。考えてみると、小言ばかり言っていた。今夜もし息子のドラムがもう一度聞けるんだったら、何でもするのに」。

《悲嘆》は自然な感情であり、人生におけるあらゆる喪失に対処するための、天からあたえられたもっとも貴重な贈り物です。小さいころ思いきり泣くことを許されていたという人は、どれくらいいますか。子どもは子どもなりの人生のあいだに無数の小さな死を経験します。そのとき思いきり嘆き悲しませてやりさえすれば、その子は、自己憐憫の固まりみたいなおとなにはならないでしょう。ところが子どもたちは思いきり泣くことをなかなか許してもらえません。（聴衆に向かって）子どものとき、泣くと何と言われましたか。（聴衆の答えを繰り返す）。「男だろ、泣くな」「泣き虫！」「泣くんだったら自分の部屋へ行って泣け」「すぐ泣くんだから」。私のお気に入りの言い回しは「泣きやまないと、もっと泣くはめになるわよ」（会場から共感の笑い）。そんなふうに言われつづけて育った子どもは、将来、何か悲嘆と関係のあることに出会うたびに、たいへんな問題を抱えることになり、自己憐憫の固まりみたいなおとなになってしまうこともあります。

もし子どもが三輪車から落ちても、親が大騒ぎせずにその子が泣くにまかせておけば、ほんの数秒もすれば、子どもはまた三輪車にまたがって走り出すでしょう。子どもはそうやって、人生の荒波に対して準備をととのえるのです。そういう子は、いくじなしにはならないでしょう。がまんして涙をいっぱいため込んだりしていないので、きっと強い子になるでしょう。

むりやりに抑え込んだ悲嘆が肺の障害や喘息に姿を変えることもあります。だから、心ゆくまで泣かせてやると、喘息の発作がとまることもあります。なにも私は、喘息の原因は抑圧された悲嘆である、などと言っているわけではありません。私の言いたいのは、ため込まれた涙は、喘息や、肺の障害や、下痢などを著しく悪化させる、ということです。代々喘息が多いという家族をご存じだったら、思いきり泣くことを勧めてみるといいです。きっと症状がずっと軽くなるはずです。

＊

《怒り》はもっと深刻です。子どもは怒らないものだとされています。実際、自然に育てられた子どもの自然な怒りは、十五秒くらいしか続きません。「ママなんか、きらい！」。それでおしまいです。

（聴衆に向かって）子どものころ、かんしゃくを起こして、親にお尻を叩かれたり、ベルトで鞭打たれたり、部屋に閉じ込められたりした人はどれくらいいらっしゃいますか。（会場、しんとする）スウェーデンにはいないんですかね（笑い）。信じられませんね。怒ったときにお仕置きされたことのない人なんて、いるのかしら。

怒りを受け入れてもらえる子どもはめったにいません。親が知らなくてはいけないことは、自然な怒りは十五秒しか続かないということです。十五秒たてば、子どもはすっきりして次のことに移れます。でも、もし怒りを発散することを許されなかったら、あるいは、叱られたり、お尻をぶたれたり、部屋に閉じ込められたりしたら、その子はやがて小さくて大きなヒットラーになるでしょう。怒りと復讐心と憎しみの固まりになることでしょう。世界はそういう人でいっぱいです。ヒットラーという固有名詞を、私は特別な意味で使っています。どんな人の心にもヒットラーが住んでいます。小さなヒットラー、あるいは大きなヒットラーが。

もし私たちおとなが、子どものころから自分のなかにため込んできた怒りを直視し、これまで何度ひとに対して十五秒以上怒りを感じたかを反省してみれば、自分のなかにたまっているもの、すなわち、怒りや憎しみや復讐心がはっきりと見えてきます。ため込んだ怒りというのは、やり残した仕事のなかでも最悪のもので、肉体的にもよくありません。感情をある期間以上ため込んでいると、肉体的な部分にも悪影響を及ぼし、やがては健康をそこないます。

憎しみは、歪んだ怒りです。肉体的な面から言うと、これはふつうの怒りよりも致命的です。不自然な感情はかならず肉体に影響を及ぼします。冠動脈血栓は、抑圧された恐怖と怒りのあらわれです。もしみなさんのなかに、うちの家族には代々四十歳くらいで冠動脈血栓になった者が多い、という方がいらっしゃったら、そしてあなた自身がその年齢に近づいていたら、頭の上にナイフがぶらさがっているようなものですね。そういう方はぜひ私どものワークショップにいらっしゃい。怒りと恐怖を取り去ってあげます。自分のなかに何があるか、これまで考えたこともないでしょうが、じつは、爆発寸前の圧力釜のようなものです。怒りと恐怖を取り去れば、たとえ若くして冠動脈血栓にかかりやすい家系だったとしても、寿命がかなり延びます。私たちの社会にひそむ恐ろしい殺人者は、抑圧されたマイナスの感情なのです。

ビリー

あるとき、死の床にある八歳の子どもの家を訪問しました。両親は息子のベッドに付ききりで看病していて、同じ部屋の窓辺に、別の子どもがぽつんと一人ですわっていました。まるでその家族の一員ではないようでしたので、近所の子どもだろうと私は思いました。誰も彼に声をかけず、仲間にいれず、誰も彼を私に紹介してくれません。まるでその子は存在していないかのようでした。患者の家を訪問すると、いろんなことがわかります。私もまた彼を無視して、その家族の仲間に入り込みました。

家族と話しているうちに、その孤独な子が、病気の子の弟のビリーだということがわかりました。七歳くらいでしたが、帰る前にその子に絵を描いてもらったところ、死の床にある子どもは全然問題ないのに、ビリーのほうこそ、家族全員の問題を合わせたよりもっと深刻な問題を抱えていることがわかりました。それで、その問題が何なのかをビリーに聞いてみましたが、彼がふつうの言葉では説明できなかったので、もう一枚絵を描いてもらいました。その絵のおかげで、彼と話をすることができました。

訪問を終えて帰るとき、私は立ち上がって、ビリーに言いました。「玄関までいっしょに来てくれる?」。ビリーは飛び上がって「ぼく?」と言いました。私は「そうよ、あなた一人に来てほしいの」と答え、母親に、私自身「鷹の目」と呼んでいる目つきをしました(会場から笑い)。それは「そのままそこにじっとしていなさい。私がこの坊やにすることに口をはさまないでちょうだい」という意味です。母親は私の目つきの意味を理解し、私はビリーといっしょに部屋を出ました。部屋を出ると、ビリーは、親に見られないようにしっかりとドアを閉め、私の手をぎゅっと握り、私の目を見てこう言いました。「ぼく、喘息なんだ。わかってたでしょ」。私は思わず「ええ、わかってたわ」と答えました。だいたい私は考えてからものを言うタイプではないんです。

外に出て車まで来ると、私は運転席に、ビリーは助手席にすわり、詮索好きの両親に話が聞こえないように、ドアを閉めました。

「そうか、きみは喘息なんだ」と私が言うと、彼は悲しそうに「残念ながら、あんまり悪くないんだ」と言いました。私が怪訝そうに「残念ながら？」と聞くと、彼は冷静に説明してくれました。「お兄ちゃんは電池で動く汽車のセットをもってるんだ。ディズニーランドにも連れて行ってもらえる。パパとママは、お兄ちゃんには何でもしてあげるのに、ぼくがサッカーボールがほしいって言ったら、パパはダメだって。『どうしてお兄ちゃんならよくて、ぼくはダメなの？』って聞いたら、かんかんに怒って『おまえ、ガンになりたいか』って言うんだ」。

両親の言っていることはめちゃくちゃです。みなさんは、ビリーの悲劇が理解できることと思います。

子どもは何でも額面どおりに受け取ります。心身症になる子どもがいるのも不思議ではありません。もしおとながはっきりと「おまえがガンだったら何でも買ってやろう。だが健康だったら、何もほしがるな」と言ったら、その子が恐ろしいほどの怒りと憎しみと復讐心と自己憐憫を抱え込んでも何の不思議もありません。たぶんビリーはこんなふうに考えたのでしょう、「病気が悪くなればなるほど、お兄ちゃんは何でも買ってもらえる。きっとぼくの病気はまだ軽すぎるんだ。もっと悪くならなくちゃ」。これはもう心身症のはじまりです。病気が重くなれば何でも買ってもらえると思って、喘息を悪化させるのです。こういう子は成長とともにいっそう巧みに心身症を操るようになり、何かほしいものがあると、そのたびに劇的な心臓発作や喘息の発作を起こすことでしょう。

ビリーはまた、早く兄が死ねばいいのにと願っているかもしれません。そうすれば家のなかはもとどおりになり、両親は自分をかわいがってくれるだろう、と。もちろんそう願ったことで、彼はあとで猛烈な罪悪感に悩まされるでしょうが。

この種の不自然な行動はよく見受けられます。親は自分の発言に気をつけなければならないのだということを、私たちは忘れてはなりません。子どもは何でも文字どおりに取るからです。また子どもには、何も買ってもらえなかったとか、かまってもらえなかったといったことを、思いきり嘆かせてやることが必要です。思いきり嘆くことが許されれば、子どもは救われるでしょう。また、近所の人とか、牧師さんとか、友だちなどが、その子を連れ出して、特別な関心を注いでやれば、子どもは立ち直ることができます。たとえガンにならずとも愛情は得られるのだ、と子どもに理解させることは、肉体的健康のための予防薬でもあり、同時に予防精神療法にもなります。すべての子どもは愛を必要としています。もし愛が得られれば、ガンにかかった兄に対抗して喘息を悪化させたりはしません。

無条件の愛を注がれて育ち、自然な怒りを思いきり発散させてきた子どもは、死に臨んだときの態度もちがいます。治療はじゅうぶん受けた、もうたくさんだ、というとき、そういう子どもははっきりと、自分の意志を伝えることができます。彼らは直観的な部分で、自分はあと数日しか生きないということを知り、パパやママや医師や看護婦など、信頼している人に、「家に帰るときが来たよ」と告げるのです。末期患者が「私はあと数日しか生きない。家に帰りたい」と告げる瞬間を、聞き逃してはなりません。それを聞いて、あなたは喜んで賛成するでしょう。患者の言葉によって、これまでほどこされてきた化学療法その他の治療法をやめる勇気が得られるでしょう。この治療をつづけても治らないのだということに患者は気づいているらしい、とあなたもうすうす感づいていたでしょうから。

自分自身の問題、自分自身のやり残した仕事を片づける心構えができていればの話ですが、末期患者と接することによって味わえるじつに美しい経験は、患者の直観的な部分が語ることを聞き取れるということです。私は二十年間、死の床にあるおとなや子どもと接してきましたが、自分が死ぬことを知らないという患者には一度も会ったことがありません。五歳の子どもたちは、自分のどこが悪いのか、知的な部分では理解できません。それでも、自分のどこが悪いのかをちゃんと——正確な言葉ではなく、絵によって——語ることができますし、自分の死が近いことも知っていて、それをちゃんと語ることができます。もし私たちが素直にそれに耳をかたむければ、そして両親が自分の欲求を子どもに投影したりしなければ、また医師が、患者のことは医師よりも患者自身のほうがよく知っているのだ、ということを認められれば、人工延命装置が役に立たなくなったとき、それをどうしたらいいかという問題は生じません。自然な感情についての話が終わったあとで、その実際例をご紹介します。

《嫉妬》は自然な感情です。とても自然で、プラスの感情です。嫉妬するからこそ、子どもは懸命に年上の子どもの真似をして、スキーやスケート、フルートや読書を覚えるのです。子どもたちの自然な嫉妬をけなすと、それはみにくい羨望や競争心に変わっていきます。嫉妬を押しつぶしたりけなしたりすると、心は、つねに誰かに対して競争心を燃やすという状態から逃れられなくなります。

＊

《愛》は、自然な感情のなかで最大の問題です。愛は、この世界を自己破壊させかねないほど重大な問題です。愛が理解できないと、かならず大きな問題に直面します。それは末期患者の場合だけではありません。健康な人も同じです。愛にはふたつの側面があります。ひとつは、手を触れ、抱きしめ、肉体的な安心感をあたえることです。もうひとつの側面のほうがずっと重要な問題なのですが、ほとんどの人が忘れています。それは「ノー」と言う勇気です。自分の愛している人に向かってはっきりと「ノー」と言う勇気です。もしノーと言えなかったら、それはあなたのなかにあまりに大きな恐怖、羞恥心、罪悪感があるということです。子どもが十二歳になってもまだ靴ひもを結んでやる母親は、子どもを愛しているのではなくて、ただ「ノー」と言えないだけなのです。

親が自覚しなくてはいけない、もうひとつの「ノー」があります。子どもを愛するあまり、子どもも一人で道路を渡らせることができない、友だちの家に泊まるのも許可できない、どこであろうと出かけるのを許せないという親は、じつは自分自身の欲求に対して「ノー」と言うことができないのです。そういう親は、子どもに「あれをしてはいけない」「これもしてはいけない」と言うことによって、愛情を表現しているのではなく、たんに自分自身の恐怖、やり残した仕事を、子どもに投影しているだけなのです。

恐怖や羞恥心や罪悪感のために、子どもや自分自身に「ノー」と言えないと、子どもに障害を負わせ、その人生を奪い、自分からも人生の貴重な経験を奪うことになってしまいます。

ジェフィ

死の床にある子どもたちと接していると、愛が欠けているとどうなるかを思い知らされます。それで家に帰って、死に臨む子どもたちが教えてくれたことを自分の子どもに実践しようとします。私の知る最も端的な例はジェフィです。彼は九歳でしたが、その九年の人生のうちの六年を白血病患者として過ごしていました。入退院を繰り返していて、最後に病院で見たときには本当に弱っていました。中枢神経が侵されていたのです。小さな男が酔っ払っているみたいに見えました。肌は青白く――というより、まるで色がありませんでしたし、ほとんど立つこともできませんでした。何度も何度も化学療法を受けたために、髪の毛はまるでなく、もう注射針を見ることもできず、すべては彼にとって苦痛でした。

ジェフィの命はあとせいぜい二、三週間であることが、私にはよくわかりました。三歳のときから白血病を患っている子どもの家族の世話を六年間もしていると、その家族の一員みたいになるものですから。

ちょうどその日、新任の若い医師が回診にきましたが、私が病室に入っていったのは、まさにその医師がジェフィの両親に「もういちど化学療法をためしてみましょう」と話しているときでした。

私は両親と医師に、ジェフィには聞いてみたのか、ジェフィ自身は化学療法を再開することに乗り気なのか、とたずねました。両親はジェフィに無条件の愛を注いでいましたから、私が彼らのいる前で直接にジェフィの意志を確かめることを許してくれました。ジェフィは、子どもでもこんなに見事な答え方ができるのだと感心させられるような口ぶりで、こう言いました。「おとなって、何を考えてるのか、わからない。どうしてぼくみたいに病気の重い子を治そうとするの？」。

ジェフィはそういう言い方で、十五秒間の自然な怒りを表現していたのです。この子はじゅうぶんな自覚と、自信と、自己愛の持ち主だったので、はっきり自分の意志を表明することができたのです。彼が言いたかったのは、「もう結構です」ということです。両親はそれを聞きとどけ、尊重し、納得しました。それができる親たちだったのです。

そこで、私はジェフィに別れを告げようとしました。ところがジェフィは「ぜったいに今日、家に帰りたい」と言いました。子どもが「今日、家に帰りたい」と言ったら、事態が非常に差し迫っているのですから、私どもではそれを引き延ばさないようにしています。そこで私は両親に、ジェフィを家に連れ帰ってくれるかと聞きました。愛も勇気もある両親でしたから、すぐに同意しました。

そこでふたたびジェフィに別れを告げようとすると、素直で正直な子どもらしく、「家までいっしょに来て」と言いました。

私は時計を見ました。これは「わかるでしょ、私には、子どもたち一人ひとりといっしょに家に帰る時間はないのよ」という意味をあらわす、言葉によらない象徴言語です。私が何も言わないうちに、彼はすぐに理解して、言いました。「心配しないで。十分しかかからないから」。

私はジェフィの家までいっしょに行くことにしました。私にはわかっていました――家に着いたらすぐ、ジェフィはやり残した仕事を片づけるだろう、と。私はジェフィと彼の両親といっしょに、彼の家に向かいました。敷地に入り、ガレージを開けました。車を降りると、ジェフィはごくふつうの口ぶりで、父親に「ぼくの自転車を壁からおろして」と頼みました。

ガレージの壁には、ジェフィの新品の自転車が掛かっていました。一生に一度でいいから自転車で近所を走り回りたいというのがジェフィのかねてからの夢で、それで父親がすてきな自転車を買ってくれたのですが、病気のためにジェフィは一度も乗ることができませんでした。自転車は三年間、ガレージの壁に掛かったままだったのです。

父親に自転車をおろしてもらうと、ジェフィは目に涙をためて、補助輪をつけてほしいと頼みました。九歳の少年にとって、補助輪をつけてくれと頼むことがどんなに屈辱的なことか、おわかりでしょうか。

父親もまた目に涙をためながら補助輪をつけてやりました。ジェフィはまるで酔っぱらいのようにふらふらとして、立っているのがやっとです。父親が補助輪をつけ終わると、ジェフィは私を見て、「ロス先生、ここにきて、ママを押さえていて」。

ジェフィにとって母親は、ひとつの問題、ひとつのやり残した仕事で、ジェフィにはそれがよくわかっていました。母親は、自分の欲求に「ノー」と言う愛をまだ習得できないでいたのです。彼女を放っておいたら、病気の子どもを赤ん坊みたいに抱いて自転車に乗せてやり、彼を支えながら自分もいっしょに近所をついて回ったことでしょう。そうすることで、ジェフィにとっての人生最大の勝利を台無しにしてしまったことでしょう。

　私はジェフィに言われたとおりに母親を押さえました。そして父親が私を押さえました。私たちおとな三人は、たがいの体を押さえ合いながら、感じていました。――死が間近に迫った弱々しい子どもが、転んでけがをして血を流す危険をおかしてまでも勝利を味わおうとするのを黙って見守ることが、いかにむずかしいかを。

　ジェフィを待っている時間は、永遠のように感じられました。彼は満面に誇りをたたえて帰ってきました。顔じゅうが輝いていて、まるでオリンピックで金メダルをとった選手みたいでした。

　ジェフィはうれしそうに自転車から降りると、父親に向かって、たいへんな威厳をもって、自信たっぷりの口ぶりで、補助輪をはずして自転車を彼の部屋に運んでほしいと頼みました。

　そして私のほうを向いて、いっさい感傷をまじえず、とても美しい表情で、きわめてストレートに言いました。「ロス先生、もう帰ってもいいよ」。十分しか私の時間をとらないという約束を守ったのです。

　彼は、これ以上はないというほど素晴らしい贈り物をくれました。輝かしい勝利、かなえられそうもなかった夢の実現を、この目で見られたことです。あのまま病院にいたら、その夢は絶対にかなわなかったでしょう。

*

二週間後、ジェフィの母親から電話がありました。「あのあとどうなったか、お話ししたくて」。

私が帰ったあと、ジェフィはこう言ったそうです。「ダグラスが学校から帰ってきたら、ぼくの部屋に来るように言って」。ダグラスというのはジェフィの弟で、一年生です。「でも、おとなは絶対に来ないで」。これも例の「もう結構」という意志の表明です。両親はそれを尊重しました。

ダグラスは、学校から帰宅すると、両親に言われるまま、兄の部屋に行きました。しばらくして階下に降りてきましたが、兄と何の話をしたのかは両親がたずねても答えませんでした。

二週間たって、彼はやっと、兄とのあいだで何があったのかを話してくれました。

ジェフィは弟にこう言ったのでした。——自分にとっていちばん大事な自転車を直接プレゼントしたい。二週間後にダグラスの誕生日をひかえているから、できれば誕生日プレゼントにしたいが、それまで待つことはできない。そのときには自分はもう生きていないだろう。だから今すぐプレゼントしたいが、ついてはひとつ条件がある。みっともないから絶対に補助輪なんか使うな（会場から笑い）。これもまた例の十五秒間の怒りの表明です。

ジェフィは一週間後に死にました。さらに一週間後、ダグラスは誕生日を迎え、以上のようなことを両親に話したのです。それまでは話さないとジェフィに約束していたのです。こんなふうに、九歳の子どもは自分のやり残した仕事を片づけたのです。

ジェフィの両親はもちろん嘆き悲しみました。でもそれは重荷としての悲嘆ではありませんでした。恐怖も、罪悪感も、恥ずかしさも、後悔の念も、おぼえませんでした。「あぁ、あのとき、あの子のいうことに耳をかたむけてやりさえすれば……」といったことは感じずにすんだのです。

彼らの胸には、ジェフィが自転車で近所を回り、人生最大の勝利に顔を輝かせて帰ってきたという思い出が残りました。

子どもは自分には何が必要かを知っています。死が近づいたとき、ちゃんとそれがわかります。子どもはやり残した仕事を私たちに打ち明けてくれます。でも、私たちおとなが、自分自身の恐怖、罪の意識、恥、執着にとらわれていると、その声が聞こえません。聞こえなければ、ジェフィが自転車に乗ったときのような聖なる瞬間に出会うことはできません。

＊

次にご紹介する、やり残した仕事に関する短い例は、憎しみとか痛みとして残る悲嘆とは関係がありません。いいことを当たり前のこととして見逃してしまう、ということと関係があります。（間をおいて）ところで、もう十年以上も姑とは口をきいていないという方、いらっしゃいますか（会場からくすくす笑い）。みんなの前で告白しろと言ってるわけじゃありませんが（笑う）、少なくともご自分の胸にこう聞いてみてください。――私はどうして私のことを認めてくれない人に対して復讐の沈黙で応えるのか、と。

もし明日がお姑さんのお葬式となったら、あなたは大枚をはたいて立派な花束を届けることでしょう。でも、そんなことをしても花屋がもうかるだけです（笑う）。でももし、十年間の罰でじゅうぶんだと思ったら、花を摘んで持って行っておあげなさい。ただし、愛されるとか礼を言われることを期待してはダメです。それで、お姑さんは花を投げ返すかもしれません。でもあなたはちゃんと和平の申し入れをしたのです。もしお姑さんがその翌日に死んだとしても、あなたは悲しむかもしれませんが、悲しみという重荷を背負うことはないでしょう。悲しみは自然な感情ですし、神様からの贈り物です。でも重荷としての悲しみは「あのとき……さえしていたなら」と後悔することです。

しかし、悲しみや怒りや嫉妬などのマイナスの感情を内面に貯めこんでいることだけが、やり残した仕事をつくるのではありません。いい経験をひとと分かち合わなかった、というのもやり残した仕事になります。たとえば、あなたに大きな影響を及ぼし、生きる目的、方向、意味を教えてくれた先生がいたとします。それなのに、これまで一度もその先生にありがとうと言ったことがなかったとします。突然その先生が亡くなったら、あなたはこう思うことでしょう。「せめて手紙一通でもさしあげればよかった」。

ある若い女性がヴェトナム戦争時代に書いた手紙をご紹介したいと思います。この手紙は、その後何年、いや何十年にもわたってとりつくような、やり残した仕事を、じつによく物語っています。

*

あなたの自慢の新車を借りて傷つけてしまった日のことを覚えてる？
きっと、かんかんに怒るだろうと思ったのに、あなたは怒らなかった。
雨が降るからいやだというあなたをむりやりに浜辺にひっぱっていって、
ほんとに雨が降ってきた日のことを覚えてる？
「だから言っただろ」って言うだろうと思ったのに、あなたは言わなかった。
あなたにやきもちやかせようと思って、片っ端から男の子といちゃついて、
そのとおり、あなたがやきもちをやいたころのことを覚えてる？

きっと私に愛想をつかすだろうと思ったのに、あなたは別れようとはしなかった。
あなたの新品のズボンの上にブルーベリーパイをこぼしたときのこと、覚えてる？
こんどこそ絶対に私を捨てるだろうと思ったのに、あなたはそうしなかった。
ちゃんとしたダンスパーティだということを、あなたに伝えそこなって、
あなたがジーンズであらわれたときのことを覚えてる？
私を殴るだろうと思っていたのに、殴らなかった。
あなたがヴェトナムから帰ってきたら埋め合わせをしようと思っていたことが、
たくさんあった。
なのに、あなたは帰ってこなかった。

＊

どなたにも、自分にとっては特別な、おばあちゃんとか幼稚園の先生がいたら（家族の一員である必要はありません）、逝去の知らせが来る前に、自分の気持ちを伝えたほうがいいです。これもまた、やり残した仕事ですから。

もういちど子どものように正直になることができれば、自分のやり残した仕事を直視することができるはずです。それを片づければ、あなたはふたたび自分の全体を取りもどすことができます。そうすれば霊的・直観的な部分が姿をあらわします。その部分を引き出

すには、自分の否定的な部分を捨てるだけでいいのです。そういう努力をすれば、あなたの人生は大きく変わるでしょう。

　そうなれば、患者の語ることが聞こえるようになります。助けを求める彼らの声が、かならず聞き取れるでしょう。患者が誰の助けを必要としているかも、ちゃんと聞き取れるでしょう。かならずしもあなたを必要としているとはかぎりません。患者が、やり残した仕事をやりとげるために何を必要としているのか、あなたにはそれがわかるのです。

　そうなれば、末期患者と接することは素晴らしい贈り物になります。あなたはけっして燃え尽きたりしません。ちょっとしたやり残した仕事が、ちょうど庭の雑草のように、あちこちからはえてきます。でも、どうやって草とりをすればいいか、あなたにはちゃんとわかるはずです。

　やり残した仕事を片づけてしまえば、すなわち、それまで抑えていた憎しみや欲や悲しみなど、否定的なものをすべて吐き出してしまえば、あなたは気づくでしょう。――二十歳で死のうが、五十歳で死のうが、九十歳まで生きようが、もう問題ではない、もう何も心配することはないのだ、と。

　ほかの人たち、とくに突然に死を迎える人たちもまた、自分と同じ内的な知をもっているのだということを知れば、殺される子どもや、車にひかれて即死する子どもですら、その内面では、自分が死ぬということだけでなく、どんなふうに死ぬかも知っている、ということが理解できるでしょう。

ぜひともわかっていただきたいのですが、おとなよりも子どものほうがよく知っています。ここの知識が（と頭を指す）少なければ少ないほど、直観の部分の知は大きいのです。百パーセントそうだというわけではありませんけれどね。世の中には頭が肥大した人たちもいます。どういう意味だか、おわかりでしょう。何年も学校に行っていると、そのうちに直観が失われてきます。なんでも（頭を指す）ここで分析するようになり、直観の部分はもっとずっとよく知っているのだということを忘れてしまいます。頭を使うとかならず問題が生じますから、頭と直観をどう調和させるかを真剣に学ばなくてはなりません。これはそう簡単ではありません。

私がいったい何の話をしているのか、おわかりですか。自分自身のやり残した仕事を片づけること、それが世界に変化をもたらす唯一の方法なのです。少しだけ精神科医としてお話ししますが、手遅れにならないうちに急いで世界を癒さなくてはなりません。でも自分自身を癒さなければ世界を癒すことはできない、このことをわかっていただきたいのです。

（会場から質問の声があったので）みなさん、いまの質問が聞こえましたか。（「ノー！」）。社会との軋轢をどう処理したらいいのか、どうすれば社会が末期患者をちゃんと扱うようになり、私みたいに個人のレベルでそれをする必要がなくなるのか、という質問でした。

あなたがた自身が社会なんですよ！　一九六八年には、アメリカで末期患者と語り合い、それについて大学医学部や神学部のセミナーで教えていたのは私ただ一人でした。それが最近では、アメリカだけでも十二万五千もの講義が毎年開講されています。たった一人からはじまったのです。あなたがただってできます。いや、あなたがたはもうはじめたのです。

一九七〇年には、ホスピスは一つしかありませんでした。それが昨年には、カリフォルニアだけで一年間になんと百ものホスピスができました。文字どおり「雨後の竹の子」みたいに増えています。私のいう意味がおわかりですね。これは好ましい状態ではありません。「流行《はやり》」になってしまったのです。誰もがホスピスをはじめたがります。政府から助成金が出るので、経営者としては得策ですから。でも、無条件の愛からではなく、利益とか名誉とか利己的な目的ではじめたものは価値がありません。もしここスウェーデンで、一万人の人が勇気を出して、末期患者を自宅に連れて帰り、隣人たちが死の床にある夫や子どもを家に連れて帰るのを手伝えば、そんなにたくさんのホスピスは必要ないでしょう。

　「死とその過程のセンター」を創立して名声を得ようなどという不純な動機を抱かず、報酬をあてにしなければ、末期患者に対して素晴らしい仕事ができるでしょう。一人か二人が恐れずにその仕事に手をそめなくてはなりません。悪用されるかもしれません。時には人びととの反感を買うかもしれません。でもあなたの仕事は豊かな実りをもたらすでしょう。

私に言えるのはそれだけです。

＊

（聴衆から質問。「母親が自殺した子どもについてはどう思われますか」）

母親が自殺した子どもをたくさん見てきました。そういう子どもにお説教は無用です。ただ絵を描かせ、母親の自殺がその子にとってどういう意味をもっているのかを語らせ、怒りや憤りや不公平感や深い悲しみを吐き出せるような安全な場所を提供します。子どもが怒りや憤りや苦悩を全部ぶちまけてしまった後ではじめて、どうして自殺を唯一の解決法として選ぶ人がいるのかを、子どもに理解してもらうことができるのです。そして子どもが、裁くのではなく同情をもって自殺を理解できるように、私は努めます。

でも、繰り返しますが、それができるためには、その前に子どもが怒りや無力感や憤りを全部吐き出してしまわなくてはダメです。そしてそのためには、安全な場所が必要です。私どものワークショップではそれをやっているのです。私どものワークショップに来る人は、みんなそういう痛みを抱えていますから。

＊

（エリザベス、聴衆に向かって、その晩のもうひとつのテーマである「死後の生」の話をはじめる前に、とくに子どもと死に関して何かほかに質問はないか、と問いかける。にもかかわらず、何人もの人が死後の生について質問しはじめる。それでもしばらくのあいだ、エリザベスが子どもに関する質問にだけ答えるので、聴衆の多くは、はやく死後の生の話が聞きたくてうずうずしてくる。エリザベスもそうした空気を感じ取る。以下はその前後の彼女の反応である）

（会場から、じれったそうな質問。「いつになったら死後の生の話をはじめるんですか」）

（エリザベス、答える）死ぬ前の問題が片づいたらです（聴衆、苦笑い）。

死後の生についてくわしく知りたいという方が大勢いらっしゃいます。そういう方々はおわかりになっていないようですが、マイナスの感情を捨て、調和に満ちた人生をフルに生きたときに、はじめて、自分自身の経験が得られるのです。そういう生き方をすることが、霊的・直観的な部分に対して全面的に心を開く唯一の方法です。私自身もさまざまな神秘的体験をしましたが、そのために何かをしたということは一度もありません。瞑想のためにじっとすわっていることすら、私はできません。私は肉を食べ、コーヒーを飲みタバコを吸います。インドに行ったこともありませんし、私にはグルもバーバー（訳注＝いずれも「導師」の意味）もいません（会場から笑い）。それにもかかわらず……（大拍手で中断）……想像しうるかぎりありとあらゆる神秘的な体験をしました。

みなさんにお伝えしたいのは、ドラッグも必要ないし、インドに行く必要もないし、グルとかバーバーとか、どうすべきかをあなたに指し図する人間も必要ない、ということです。霊的体験に向けて心の準備をし、恐れなければ、そういう体験はかならず得られます。心の準備ができていない人は、私の言うことが信じられないでしょう。反対に、すでに知っている人は、私の言うことがよくおわかりになるはずです。

知ることと信じることのちがいがおわかりですか。ひとたび本当に知れば、人が何と言おうと、死など存在しないということがわかるはずです。私は臨死体験の例を二万件集め、その時点で集めるのをやめました。どうしてそんなに集めたかというと、死など存在しない、と人びとに説いて回ることが私の仕事だという錯覚をしていたからです。死ぬ瞬間に何が起きるかを人びとに伝えることが何よりも大事だ、と私は信じていました。でもじきにさとりました。（一瞬、かすかに声を詰まらせ）そのための代価は安くありませんでしたが。聞く耳をもった人は、私の話など聞かずとも、すでにわかっているのです。心の準備のできた子どもが、自分の死期をちゃんと知っているのと同じです。いっぽう、信じない人たちは、百万の例を提示したって、それは酸素欠乏のなせるわざにすぎないと言い張るのです。でもそんなことはどうでもいいのです。彼らだって、死んでみれば自分でわかるんですから（会場からくすくす笑いやら、拍手）。彼らはこの種のことを合理的に説明されないと気がすまないのですが、それは彼らの問題であって、私の知ったことではありません。

私は自分のなかに、一人だけヒットラーを住まわせておきたいと思っています。私が臨死体験について講演することについてさんざん悪口を言った連中が、自分で臨死体験をして宗旨替えしたときには、彼らの目の前にすわって、連中の驚いた顔をじっと見てやり、そうやって（会場から笑い）……そうやって、言葉によらない象徴言語を使って思い知らせてやります（笑いと拍手）。

さて、お役に立つかどうかはわかりませんが、みなさんが知りたいと思っていることについてお話しすることにしましょう。

臨死体験の研究をしている人たちが、できるだけ科学的・体系的に研究をすすめているのは、とても大事なことです。この種のことは、正確な言葉を使わないと、途方もなくばかげた話に聞こえるからです。

私は二十年間、末期患者と接してきました。じつのところ、この仕事をはじめたときは、死後の生に対してとくに関心はありませんでしたし、死の定義に関してもはっきりとした考えをもっていませんでした。もちろん医学的な定義は知っていましたが、それ以上の知識も考えも持ち合わせていませんでした。ご存じのように、医学で死の定義を研究するときには、肉体の死だけを考慮に入れます。まるで人間が繭だけからできているかのように。

多くの医師や科学者はそのことに何の疑問も感じていませんし、私自身もその一人でした。ところが一九六〇年代になると、医者の仕事を続けることがむずかしくなりました。

臓器移植がはじまり、死体を冷凍保存する会社ができたりして、人びとはお金とテクノロジーで死を克服できると信じるようになりました。死の瞬間に人間を冷凍し、「二十年後」に解凍すれば、そのときにはガンの治療法が発見されているかもしれないというのです。人びとは、この方法によって近親者を蘇生させることができるかもしれないという幻想を抱いて年に九千ドルも払ったのでした。言わせていただければ、人間の傲慢さと愚劣さの極致です。無知と尊大の極致であり、自分の限りある生を否定することであり、自分の起源を否定することでもあります。それは、人生には目的があることを否定することにもなり、この物理的な世界における生は永遠に続く必要はないのだということの否定にもなります。人生の量すなわち長さよりも、質のほうがずっと大事なのだという事実の否定でもあります。

それだけでなく、当時、別の面でも、医師であり続けることがひじょうにむずかしくなりました。というのも、アメリカでは……いまでも覚えています、ある日、待合室には十二人の子どもがいました。みんな腎臓透析が必要なのですが、一人分の設備しかないので、十二人のなかから一人を選ばなくてはなりませんでした。どの子がいちばん生きる価値があるか、と考えなくてはならなかったのです。

まさしく悪夢でした。

その一方で、腎臓移植や心臓移植がおこなわれるようになり、脳の移植までが話題にのぼるようになりました。それと並行して、訴訟がさかんに起きるようになりました。われわれの物質文明が頂点に達し、人びとがおたがいを訴えるような時代になったのです。じっさい、人工延命装置はさまざまな難問を生みました。私たち医師は、酸素ボンベをはずすのが早すぎれば、「まだ生きていたのに」という家族から訴えられるし、遅すぎれば、「不必要に死を長引かせた」として訴えられる危険にさらされていました。

生命保険会社も、問題をさらに厄介なものにしました。というのも、家族が事故にあったとき、たとえ数分であれ、誰が先に死んだかということが、きわめて重大な問題になるのです。誰が受取人になるかという、これまたお金の問題です。

もし末期患者のベッドのわきでの経験がなかったら、わたしはそうした問題にほとんど関心をもたなかったでしょう。私は死後の生に関しては、せいぜいのところ半信半疑で、そもそもあまり関心がなかったのですが、いろいろな意見を繰り返し聞かされるうちに、否応なくそうした問題を考えざるを得なくなり、どうして死の本当の問題を研究した人がこれまでただの一人もいないのだろうかという疑問を抱くようになりました。私の言っているのは、特別な科学的理由にもとづいた研究ではなく、もちろん訴訟のための研究でもなく、純粋に自然な好奇心からの研究です。

私の勤めていた病院でいくつかの訴訟が起こっていたころ、ある日、私は素晴らしい黒人の牧師と議論していました。私は彼といっしょにシカゴ大学で「死とその過程」のセミナーをはじめたのですが、私は彼のことが大好きで、彼とは理想的な協力関係をもつことができました。ところで、その日、彼と私は、どうしたら医療をかつてのような医療にもどすことができるかについて議論していました。私はスイス出身の昔気質の田舎医者ですから、自分の職業に関しては理想がいろいろありましたが、いちばんの問題は死の定義がないことだというのが私たちふたりの結論でした。

人間は四千七百万年のあいだ、今と同じような姿で、この地球上で生きてきました。人間が人間らしくなってからも、七百万年たちます。毎日、世界中で大勢の人が死んでいます。ところが、人間が月まで行って無事に帰ってこられる世の中だというのに、人間の死に関する最新の包括的な定義の研究には、これまでこれっぽっちのエネルギーも注いできませんでした。おかしいとは思いませんか。

定義はすでにいろいろあります。でも、どの定義にも例外があります。たとえば、バルビツール剤を使っていたり、体温が極度に低い場合は、たとえ脳電図が平らになっても脳に損傷をあたえずに蘇生可能だ、とか。例外のある定義は、決定的な定義ではありえません。若気の至りで、私はその牧師にこう言いました。「生きているうちにかならず死の定義を発見してみせると神に誓います」。死の定義さえあれば、訴訟はなくなり、医師はまたかつてのような治療師にもどれる、なんて考えるのは、子どもっぽい素朴な空想でしたが。

私は彼以外の牧師とはことごとくウマが合いませんでした。彼らは饒舌なくせに、自分の言ったことを自分では信じておらず、実践もしていないからです。そこで私は彼に言いました。「あんた方は説教壇の上にふんぞり返って、『求めよ、さらばあたえられん』とおっしゃいますよね。その言葉に従って、いま私は求めます。死の研究を手伝ってください」。

臨死体験

「求めよ、さらばあたえられん。門を叩け、さらば開かれん」という言葉があります。別に「学ぶものの準備ができたとき、師はあらわれる」という言葉もあります。どちらもまったく正しい。この大事な問いを発し、答えを見つけようと決意してから一週間もたたないうちに、看護婦たちがやってきて、集中治療室に十五回も入ったシュワルツ夫人という女性患者についての体験を話してくれました。

集中治療室に運ばれるたびに、誰もが「今度はダメだろう」と思うのですが、そのたびに彼女は集中治療室を歩いて出られるくらいまで快復し、数週間あるいは数か月、また元気で暮らすのでした。今にして思えば、彼女は私どもが知った、臨死体験の最初の例でした。

ちょうど、私の感覚や観察力はより鋭くなり、死に近づいた自分の患者に説明のつかない奇妙な現象が起きることに気づきました。患者の愛する人があらわれて、患者はその人と何らかのコミュニケーションをとっているらしいのです。でも、私にはその人物が見えないし、その声も聞こえません。

またこんなことにも気づきました。怒りっぽくてとても気むずかしい患者でさえ、死が間近に迫ると、すっかりリラックスして、その患者のまわりには清澄な雰囲気がただよい、ガンがあちこちに転移して体はぼろぼろになっているでしょうに、痛みを感じなくなっているようなのです。しかも、死んだ直後、信じられないほど安らかで落ちついた表情を浮かべているのです。私はとても信じられませんでした。というのも、そういった患者の多くは、怒りの段階や、神との取り引きの段階や、鬱の段階で死んだからです。

三つ目の、たぶんいちばん主観的な体験は、私と患者たちとはとても親しく深い愛情で結ばれていたということです。ひじょうに深い、親密な形で、私と患者たちはたがいに相手の人生に触れたのです。それでも患者が死んでほんの数分もたつと、私はその患者に対して何にも感じませんでした。ときどき、私はどこかおかしいんじゃないかと思いました。遺体は、私の目には、春が来て必要なくなって脱ぎ捨てられたオーバーのようなものとしか見えませんでした。どこから見ても、脱ぎ捨てられた殻にしか見えませんでした。そのなかには、患者はもういないのです。

私たちは発見しました――死後の生の研究は可能かもしれない、と。この発見は私にとっては信じられないくらい感動的な体験でした。この現象は、いまのところは臨死体験と呼ばれていますが、私はそれを何十年にもわたって研究してきました。これから、私がそのなかで学んだことを手短にお話ししたいと思います。

その牧師と私の夢は臨死体験を二十例集めることでしたが、それが結果的には二万件になりました。私どもはそれを一度も公表しませんでした。しなくてよかったと思っています。というのも、臨床例を探しはじめると、意外に多くの人が喜んで体験を話してくれるということがわかりました。でも彼らは打ち明ける前にかならず、「ロス先生、喜んで自分の体験をお話ししますが、ほかの人には言わないと約束してください」と言うのです。そのことに関しては病的なくらいにこだわりました。それも無理ありません、彼らにとってその体験は、私的で神聖なものです。ところがこの世に帰ってきて、その素晴らしい体験を人に話すと、背中をぽんと叩かれて、「薬のせいさ」とか、「そういう瞬間には幻覚を見たって不思議ではない」という答えが返ってくるのですから。

彼らはまた精神医学的なレッテルをはられ、そのために怒ったり落ち込んだりした、という苦い経験もさせられているのです。われわれ人間は、理解できないものには何でもレッテルをはらないと気がすまない習性があります。私たちの知らないことは、まだまだたくさんあります。だからといって、それらが存在していないということにはなりません。

アメリカだけでなく、オーストラリアやカナダからも体験談を集めました。いちばん若い患者は二歳半、いちばん年上は九十七歳の老人です。文化や宗教もさまざまで、エスキモーもいればハワイの先住民もいればオーストラリアの先住民（アボリジニー）もいますし、ヒンドゥー教徒も仏教徒も、プロテスタントもカトリックもユダヤ人もおり、宗教をもたない人もいて、そのなかには無神論者を自称する人たちもいます。宗教も文化も異にする、できるだけ多様な人びとから例を集めようと努めました。臨死体験は、宗教などの条件づけとはかかわりのない、全人類に共通するものにちがいない、と私たちは確信していましたから、その確信を実証したかったのです。

興味深いことに、人びとはゆっくり死が近づいてきた場合だけでなく、事故にあったとか、殺されかかったとか、自殺をくわだてたとかいう場合にも、これを体験しているのです。半数以上が、突然の臨死体験でした。その場合、患者はそれを予測することも、それに対して準備することもできなかったのです。

真実に耳をかたむける心構えさえあれば、体験談を聞くのに、わざわざ遠くまで出かけたり、あちこち走り回る必要はありません。あなたの気持ちが子どもに伝われば、彼らは自分が知っていることをよろこんで打ち明けてくれるでしょう。あなたがあたまから否定的だと、子どもは敏感にそれを感じ取り、何も語ってはくれません。あなたが自分の否定的な考えを捨てることができれば、すべてはあなたに向かって開かれ、患者はそれを感じ取り、自分の体験を話してくれるでしょう。これはけっして誇張ではありません。そうすれば、あなた自身わかるでしょう。彼らはあなたが必要なだけの、そしてあなたが受け入れられるだけの知識をあたえてくれます。でもそれ以上はあたえてくれません。つまり、この知識に関しては、あなた方のなかの、ある人は高校生、ある人はまだ小学一年生なのです。あなたにとって必要なだけの知識は得られます。でも、欲しいだけの知識がすべて得られるとは限りません。これは普遍的な法則です。

＊

あなたが鏡の中に見る姿は本当のあなたではありません。あなたは鏡に映った自分を見ながら、太りすぎだとか、バストが小さいとか、お尻が大きすぎるとか、しわだらけだとか、あれこれ愚痴をこぼしていることでしょうが、そういう自分はいっさいどうでもいいのです。あなたが美しいのは、あなたがあなたであるから、つまりあなたがこの世に一人しかいないからです。世界には何十億という人がいますが、二人として同じ人はいません。三つ子でさえ、一人ひとり違います。じつは私自身、そっくりの三つ子のひとりですけれど（自分で笑う）。

アウシュヴィッツやマイダネクの子どもたちを思い出しながら、私どもは繭と蝶という比喩を用います。あなたは蝶みたいなものです。鏡に映っているのは繭なのです。それは本当のあなたにとっての仮の住まいにすぎません。その繭が修復不能なほど損傷を受けるとあなたは死に、物理的エネルギーでできている繭は、象徴的に言えば、蝶を解き放つのです。

人から殺されようと、自殺であろうと、突然死であろうと、長引いた死であろうと、繭が破壊されるときの主観的な体験はみんな同じです。死ぬ瞬間の主観的な体験は、死の原因とは関係ありません。

そのとき、あなたの不滅の部分が肉体的な殻から解き放たれます。埋葬あるいは火葬されるのはあなたではなく、繭です。これはとても大事なことです。小さな子どもと接するときは、何が起きるのかを説明してやらなければなりません。死ぬ瞬間、あなたはとても美しくなります。いまのあなたよりもずっと美しくなります。完璧になるのです。乳房切除や手足切断は、死後まではついてきません。死後のあなたの体は、物理的エネルギーではなく、心的エネルギーでできています。

共通点

私が発見した三つの共通点についてお話ししましょう。

私たちが肉体を離れるとき、恐怖も不安もありません。私たちは存在全体が超意識になるのです。超意識は意識よりも次元の高いものです。というのも、肉体を捨ててきた場所で起きていること、すなわち、遺体のそばにいる人が何を考えているかとか、その人たちが自分で自分にうそをつくためにどんな言いわけを使っているかといったことをも、超意識は含んでいるからです。

死後の私たちはずっと物理的な全体感覚をもちつづけます。事故や死の起きた状況を全体的にとらえることができます。——冠動脈血栓を起こして病室にいるとか、自宅の寝室にいるとか、自動車事故や飛行機衝突の現場とか。そして、蘇生させようとして懸命に心臓マッサージをしている医師たちや、ぺしゃんこになった車のなかから体を救い出そうとしている救急隊員のことも、はっきり意識しています。しかも、遠い出来事として頭に思い浮かべるのではなく、ほんの一、二メートルのところから見ているのです。「頭」という言葉を使うのは適切ではないかもしれません。ほとんどの場合、私たちはこの時点ではもはや頭とか脳とは切り離されているのですから。すでにこの時点では、脳波のテストをしても活動のきざしはまったく見られず、たいていは医師も生命の兆候をいっさい見出せません。

その時点で私たちが感じる第二の身体は、物理的な肉体ではなく霊的な身体です。それらの形態を生む物理的エネルギーと霊的エネルギーのちがいについては、後でお話しします。

蘇生が成功して蝶がまた繭のなかに押し込められても、患者が喜ぶとは限りません。それは無理もない話です。肉体の機能が生き返ったら、それに付属している痛みや障害もふたたび引き受けなければならないのですから。

霊的身体をもっている状態では、私たちは痛みも障害も感じません。私の同僚の多くは、それはたんにわれわれの願望の投影ではないのか、と考えました。なるほどそう考えても理屈は通ります。長年のあいだ体が麻痺していた、目が見えなかった、口がきけなかった、障害を背負っていた、という人は、苦しみの終わるときを夢みているかもしれません。でも、願望の投影かどうかを確かめるのはとても簡単です。

第一に、私が集めた例の半数は、予期しなかった突然の死、――というより臨死体験で、彼らは自分の身に何が起きるかを予測することはできませんでした。たとえば、ある患者は、ひき逃げされ、両足をもぎ取られました。ところが彼は、肉体から離脱したとき、道路に転がっている自分の足が見え、同時に、自分の霊的な身体にはちゃんと両足がついていて完全であることがわかったと言います。ですから、彼は、両足を失うことを前もって知っていて、また歩けるようになりたいと願い、その願望を投影したのだ、とは考えられません。

第二に、願望投影説を否定するもっと単純な方法があります。それは、光を知覚することもできない全盲の人に、臨死体験はどんなふうだったかを聞くのです。もし、たんなる願望の投影だったら、自分のまわりの状況を正確に描写することなどできないはずです。

私たちは何人かの全盲の人に、臨死体験について質問しました。彼らは、誰が最初に部屋に入ってきたか、誰が蘇生を試みたかといったことばかりか、その場にいた人全員の服装を微に入り細をうがって描写してくれました。願望のとりこになった全盲の人だったら、そんなことができるはずがありません。

念のために申しておきますが、これは、キリスト教の教えで説かれているような復活ではありません。臨死体験のあいだ私たちがもっている身体は、心的エネルギーからつくられた、まったく一時的な、仮の身体です。それは、死の体験を、恐ろしい、怖いものではなく、喜ばしい合体として味わえるようにするためのものです。

*

私たちは移行を象徴するものを通過します。それは文化によって異なり、門であったり、橋であったり、トンネルであったりします。それを通り過ぎてしまうと、光が見えてきます。それはまさしく筆舌に尽くしがたい光です。白よりも白く、光よりも明るく、私たちはその光に近づくと、無条件の愛にすっぽりと包まれます。もし、一度でもそれを経験したら、もう絶対に死は怖くありません。死は恐ろしいものではありません。問題なのは、人生をどう生きたかということです。

この光をほんの寸時でも見た瞬間に、全知を得ます。残念なことに臨死体験では、こちらにもどったとたん、多くのことを忘れてしまいます。覚えていることは、私たちは自分の命というものに全面的な責任があるということ、このことに尽きるようです。自分の生を誰かのせいにしたり、批評したり、また嫌ったりすることはできないのです。限りある命をどう生きたかということに関しては、全部自分に、自分だけに責任があります。このことに気がつくと、生き方は変わってきます。

この信じられないような光は、それぞれの文化によって「キリスト」とか「神」とか「愛」とか「光」と呼ばれていますが、この光の前では、私たちは自分のしてきたことすべての責任を問われます。このとき私たちは、自分がいかにしばしば正しい選択をしそこなったか、その選択のおかげでどれほど苦しんだかをさとるのです。

そして理解します。大事なものはただひとつ、愛だということを。それ以外のすべて、業績とか、学位とか、財産とか、ミンクのコートを何着もっているかなどといったことは、どうでもいいのです。また、私たちが何をするかは重要ではないということもわかります。ただひとつ重要なことは、やるべきことをいかにやるかです。そして大事なことは、愛をもってそれをやるということです。

この全的な無条件の愛に包まれたとき、私たちは自分の人生の一つひとつのおこないだけでなく、自分の存在全体の、思考と言葉のすべてを振り返らなくてはなりません。そして全知を得るのです。それはつまり、自分の思考、言葉、おこない、選択の一つひとつがいかにひとに影響をあたえたかを知ることです。私たちの人生は学校にほかなりません。私たちはそこでテストされ、洗濯機のようなものの中に放り込まれるのです。その洗濯機からつぶれて出てくるか、みがかれて出てくるかは、誰か他の人のではなく、あなた自身の選択によるのです。

臨死体験は、必要ならいくらでも集められます。しかし私は、そんなことをする必要はないということに気づきました。信じたい人は信じるし、知りたい人は答えを見つけます。しかし準備のできていない人は、一万五千件の例を見せたって一万五千の合理的な説明を思いつくのです。それは彼らの問題なのです。

最後に言っておきたいことがあります。ムーディの最初の本、『死後の生』は、信頼できる唯一の本で、役に立ちますが、死とは何かを教えてくれるわけではありません。というのは、あそこにあがっている例はすべて死の体験ではなく臨死体験だからです。

物理的エネルギーである肉体を捨てたあと、私たちは第二の完全な身体をつくります。それは、盲目でもない、手足を切断されてもいない、乳房を切除されてもいない、傷ひとつない身体です。私たちは心的エネルギーを使ってそれをつくります。この身体は、人間の心がつくった、人間があやつる身体です。

永遠の死、恐ろしい言葉を用いるなら、もう二度と元にはもどらない死、その死を経ると、私たちはちがった形態をとります。それは生まれる前と死んだ後の形態です。ムーディの言葉を借りれば、私たちは光に向かってトンネルを通り抜けるとき変化するのです。その光は純粋な霊的エネルギーです。霊的エネルギーは、この宇宙で、人間があやつることのできない唯一のエネルギーです。

*

実際にこの分野の研究をする人、高次の意識の研究をする人、人間の生の複雑な仕組みについてもっと知りたいという人は、ふたつの本質的なことを知らなくてはなりません。そのひとつは、現実的《リアル》と現実《リアリティ》のちがいです。いまひとつは、物理的エネルギーと霊的エネルギーのちがいです。科学者の書いた論文には、悪魔や地獄の存在について、あるいは、おびえた冠動脈血栓の患者の見る恐ろしく生々しい悪夢について、書かれています。そうした悪夢は現実的ですが、現実そのものではありません。その人の恐怖の投影であって、じつに現実的ですが、現実ではありません。

すでに述べたように、心的エネルギーは人間がつくったものです。本来は人間にあたえられた贈り物ですが、その贈り物を悪夢やみにくい否定的なものにするか恵みにするかは、あなたしだいです。このエネルギーを癒しのために使ってください。破壊のためには使わないでください。

呪い殺すというのは、心的エネルギーを使って、呪いを恐れている人を殺すという古典的な例です。私だって、その気になれば、心的エネルギーを使って、呪いを恐れている人を殺すことができます。反対に、ここにいるみなさん全員がどんなに強力な心的エネルギーを使って私を呪い殺そうとしても、私が呪いを恐れていないかぎり、この部屋に充満したみなさんのエネルギーは私に触れることすらできません。マイナスの感情だけがマイナスの感情を育てるのです。恐怖や罪悪感をもたずに子どもを育て、その子が自分のなかからヒットラーを追い出すのを手伝ってやりさえすれば、その子をマザー・テレサのような人に育てることができます。

もういちど子どものように正直になればいいのだ、自分自身とそのマイナスの感情を虚心に見つめさえすればいいのだ、ということがわかるでしょう。そのマイナスの感情を捨てる勇気があれば、あなたはひとつの「全体」となり、無条件の愛と秩序を知るでしょう。そして、ひとたびそれを身につければ、それを子どもたちに教え、伝えることができるでしょう。

リチャード・アレンは、自分のではなく父親の人生を語るなかで、そのことを見事に描いています。彼にとって父親は、最初はマイナスの感情の固まりだったのに、そのマイナスの感情や頭ごなしの態度を何とか捨てようと必死の努力をした人間の、類まれな例でした。ついには全的な無条件の愛の化身となり、それを子どもに、そして子どもの子どもに伝えたのでした。リチャードは晩年、人生の意味をめぐる次のような詩を書いています。

愛するときには、もっているものをすべて愛にささげなさい。
限界まできたら、もっとささげ、
そしてその痛みを忘れなさい。
なぜなら、死と向かい合ったとき、
だいじなのは、あなたがあたえ、受け取った愛だけなのだ。
ほかのいっさいのもの――
手柄、闘い、争いなどは、
思い出そうとしても、忘れてしまっているだろう。
じゅうぶんに愛したなら、
すべては報われる。
そのよろこびは最後の最後までつづくだろう。
でも、もしじゅうぶんに愛さなかったなら、
死はかならず早くやってくる。
その死は、直視できないほど恐ろしい姿をしている。
最後に、人類はみなきょうだいなのだということをわかっていただくために、ひとつの

祈りをご紹介します。これはアメリカ・インディアンの詩ですが、すべての宗教に通じる祈りです。何百年も前に書かれた詩ですが、現在にも通用するし、これから何千年たっても通用するでしょう。

美のなかを歩かせてください。
そして、赤と紫の夕陽を見させてください。
私の手に、あなたのつくったものを愛《め》でさせてください。
あなたの声を、私の耳にとどかせてください。
あなたが、わが人びとに教えたことを理解できるよう、
私を賢くしてください。
あなたがすべての葉や岩のかげに隠した教えを
学ばせてください。
私は力を求めます。
でもそれは、きょうだいよりも強くなるためではなく、
いちばん手ごわい敵、自分自身と闘うためです。
いつでも清潔な手と素直な目であなたのもとへ行けるよう
準備させてください。

消えていく夕日のように
人生が消えていくとき、
私の霊が恥じることなく、あなたのもとへと向かえるように。

これで私の話を終わります。

生、死、死後の生

死や死後の生をめぐるあらゆる問題を本格的に研究するようになってから十年たちます。その間に得た経験と発見のいくつかをお話ししたいと思います。長年のあいだ患者たちと接しているうちに、だんだんこういう確信が強まってきました。——人類は、地球上に生まれてから何百万年にもなるというのに、おそらくほかの何よりも重要な問題がいまだによくわかっていない、と。その問題とは、生と死の定義・意味・目的です。

その死と死後の生の研究のいくつかについてお話ししましょう。と言うのも、そうした発見をわかりやすい言葉であらわし、できるだけ多くの人に理解してもらう時期がきたのではないかと思うからです。たとえば——愛する人の死はつらい。とくに突然の場合は、どうしてそんな悲劇が自分の身にふりかかってきたのか、なかなか理解できないものです。そんな場合、死後の生を理解することが大いに助けになるでしょう。また、末期患者やその家族の助けになろうとしたり相談にのろうとすれば、かならずこういう疑問にぶつかるでしょう。「生とは何か、どうして幼い子どもたちが死ななければならないのか」。

私たちは研究の結果をいっさい公表していません。それにはいろいろな理由があります。

私たちは長年にわたって臨死体験の研究をしながら、つねに意識してきました。これは死そのものの体験ではなく、あくまで臨死体験、すなわち死の近くまで行った体験であって、あちら側の世界に行った後に私たちの身に何が起きるのかがわかるまで、われわれは真実の半分しか手にしていないのだ、と。私の主宰する団体「シャンティ・ニラヤ」がこれまでに出版したのは、アメリカ南部の、ガンにかかった九歳の少年ダギーにあてた私の手紙だけです。その少年は私に「生きるって何？　死ぬってどういうこと？　どうして小さな子どもが死ななくちゃいけないの？」という感動的な質問をしてきました。私は簡単な言葉で返事を書き、イラストを添えて、ダギーに送りました。その後、ダギーはその手紙を出版することを許可してくれました。この『ダギーへの手紙』は現在もシャンティ・ニラヤで販売しています。たぶん、子どもたちが大事な問題を理解する助けになると思います。

*

大昔の人間は死をもっと身近な問題としてとらえ、天国や死後の生を信じていました。たぶんここ百年くらいのことだと思いますが、肉体が死んだ後にも生はあると心底から信じる人がどんどん減ってきました。今となっては、それを分析し、そうなった原因を解明しても仕方ありません。しかし、私たちはいま新しい時代に生きています。おそらくもう、科学と技術と物質文明の時代から、本当の霊性《スピリチュアリティ》の時代へと移行したのではないでしょうか。ここで言う霊性とは、宗教や信仰のことではありません。私たちよりも偉大な何か、すなわち宇宙をつくり生命を創造した何かが存在する、そして私たちはその重要で不可欠な一部であり、その発展に貢献できる——そういう意識のことです。

私たちはみな、源から、すなわち神から生まれたとき、神性の一部をあたえられました。だから文字どおりの意味において、私たちはその源の一部を自分のなかにもっているのです。またそのために私たちは人間が不滅であることを知っています。多くの人が気づきはじめています。肉体は家、あるいは館——私どもの言い方では繭——にすぎず、死という名の移行を成しとげるまで、私たちはその住まいを一定期間借りているにすぎないのです。私どもは死の床にある子どもやそのきょうだいと話すとき、象徴言語を使うのですが、その言葉を使って言えば、死の瞬間、私たちは繭から出て、ふたたび蝶のように自由になるのです。

シュワルツ夫人

死とはいったい何かという問題、そして当然それに付随する、死後の生はどんなものかという問題の研究はどこからはじめたらいいのか、それを教えてくれたのは、ひとりの患者でした。シュワルツ夫人は集中治療室を十五回も出たり入ったりしていました。毎回、今度こそダメだと思われながら、そのたびになんとかまた快復するのでした。彼女の夫は精神分裂病で、発作が起きるたびに末の息子を殺そうとするのでした。その息子はまだ小さく、きょうだいのなかで一人だけまだ親と同居していました。シュワルツ夫人は、もし自分が早く死んでしまったら、夫はコントロールがきかなくなり息子の命があぶない、と確信していました。それで、児童福祉協会の助けを借りて私たちがその子を親類の人にあずけると、彼女はほっと安堵して退院しました。これで万が一自分が死んでも、末息子の命は安全だと思うと気が楽になったのです。

あるとき、彼女は危篤におちいり、自分の住まいのあるシカゴまで行くことができず、近くの救急病院に入院しました。

彼女は個室に入れられました。突然、死がすぐそこまで迫っていることがわかりましたが、看護婦を呼ぶべきかどうか、決心がつきませんでした。一方では、枕に頭をのせて、そのまま安らかな眠りにつきたいと思い、もう一方では、末息子がまだ小さいのだから、もう少し長生きしたいと思いました。看護婦を呼んで、もう一度がまんしてあれこれの治療を受けようという決心がつく前に看護婦が部屋に入ってきて、彼女を一目見ると、顔色を変えて飛び出していきました。ちょうどその瞬間、彼女は自分が静かにゆっくりと肉体から離れ、ベッドから一メートルほど上に浮かびあがるのを見ました。シュワルツ夫人はユーモアのセンスのある人で、そのときの自分の肉体は「青白くて、気味が悪かった」と話してくれました。そのときは、驚きと畏敬の念はおぼえたが、恐怖とか不安は感じなかったそうです。

蘇生チームが入ってくるのが見えました。誰が先頭で誰が最後か、彼女はこまかく覚えていましたし、彼らの話も一言ももらさず聞き取れました。それだけでなく、彼らの考えていることまで全部わかりました。彼女は後に、かなり狼狽していたらしい研修医が口にしたジョークをそっくり繰り返すことができました。彼女は、自分は平気だからあわてないで落ちつくようにと、彼らに伝えたくてたまりませんでした。ところが、彼女がなんとかそれを伝えようとすればするほど、医師たちはますます必死になって彼女を蘇生させようとするのです。それでやっと彼女は、自分には彼らのことが見えるけれど、彼らにはこちらが見えないらしい、ということに気づいたと言います。そこでシュワルツ夫人はあきらめ、彼女自身の言葉を借りれば「気を失い」ました。四十五分間にわたる蘇生の試みが失敗に終わった後、彼女は死を宣告されました。ところが、三時間半後に息を吹き返し、医師たちを仰天させたのでした。彼女はその後一年半生きつづけました。

＊

シュワルツ夫人は、私と、私たちが開いていたセミナーの学生たちの前で、その話をしてくれたのですが、私にはまったくはじめての経験でした。長年医者をやっていたくせに、臨死体験など聞いたこともありませんでした。私が幻覚だとか人格の分裂だとか言わなかったので、学生たちはショックを受けた様子でした。学生たちは何としてもそれにレッテルをはり、自分たちの知っているものと結びつけ、そして、それを扱わなくていいように、わきへ片づけてしまいたかったのですね。

シュワルツ夫人の体験は彼女ひとりだけのものではないはずだ、と私たちは思いました。ひょっとしたら似たような例がもっとあるかもしれない、例をたくさん集めれば、彼女のような体験が広く見られるものなのか、数少ないものなのか、それとも彼女だけのものだったのか判明するだろう——そう考えました。臨死体験は、いまでは世界中で知らない人はいません。驚くほど大勢の研究者、医師、心理学者、超常現象の研究者がデータを集め、この十年間に世界で二万五千件以上の例が報告されています。

忘れてならないのは、心臓が止まってからまた蘇生した数多くの人たちのうち、生命機能の一時停止のあいだに体験したことを後で思い出せる人は、十人に一人しかいないということです。これは夢のことを考えてみればよくわかります。私たちはみな毎晩、夢を見ますが、目がさめてから覚えている人はごくわずかです。

注＝一九八二年に出版されたマイケル・B・セーバムの科学的研究『死の記憶』によれば、死のすぐそばまで行った人の半数近くが臨死体験をもつという。

またこれまでに集められた例を、肉体の機能が停止したときにすべての人が体験することだと考えてはいけません。これはあくまで臨死体験です。体験した人はすべて帰還し快復してから私たちに体験を話してくれたのです。もどってこない人はどうなるのかについては、後でお話しすることにしましょう。

死ぬときはひとりではない

肉体の機能が停止した後、痛みがなくなって、私どもが霊的身体と呼ぶ、まったく欠けたところのない完全な身体を獲得して身体的完全感をおぼえますが、それだけでなく、死ぬときはひとりではないことも知ります。どうして死ぬときにひとりではないのか、それには三つ理由があります（そしてこれは、砂漠の真ん中でいちばん近い人からでさえ何百キロも離れたところで死ぬ人にも、人工衛星が軌道からはずれて宇宙をただよいながら酸欠で死ぬ宇宙飛行士にも、あてはまります）。

ゆっくりと死んでいく患者たちは――ガンの子どもたちもそうですが――死にさきだって、自分の肉体から離れることができるということに気づきます。いわゆる「肉体離脱」体験です。私たちは誰でも、ある種の睡眠状態にあるときには、肉体離脱体験をしているのですが、それをはっきりと意識している人はほんのわずかです。

死の床にある子どもたちはとても敏感ですから、同じような年齢の子どもたちよりはるかに霊的になります。彼らは体外浮遊を経験するようになり、そのおかげであちら側への移行に際して、自分がどこにいるのかが理解できるようになり、その場所に慣れ、移行しやすくなります。

そうした体外浮遊体験の最中に、末期患者たちは、自分を助け、導いてくれる存在が自分のまわりにいることに気づきます。これが、死ぬときはひとりではないという第一の理由です。幼い子どもたちはそういう存在をよく「遊び友だち」と呼びます。キリスト教ではそれを守護天使と呼んできましたし、多くの研究者は守護霊と呼んでいます。何と呼ぼうと、大したことではありません。大切なのは、私たちはそれを生まれたときから知っているということです。はじめて呼吸をしたときから、肉体存在が終わってあちら側に移行するまでずっと、それらの守護霊あるいは守護天使は私たちのそばにいます。そして死から死後の生に移行するときには、私たちに手を貸してくれるのです。

＊

死ぬときはひとりではないという二つ目の理由は、かならず、先に死んだ人、それも私たちが愛していた人、たとえば何十年も前に亡くした子どもとか、祖母とか父とか母とか、そのほか私たちの人生において大事だった人たちが、出迎えてくれるからです。

カリフォルニアの人たちはそれをとても恐れています。カリフォルニアの女性の多くは夫を五回も六回も取り替えていますから、そのうちの誰が迎えに来るだろうかと心配なのです。(会場から笑い)。でも心配は無用です。死んだ後にはもうマイナスの感情はありませんから。マイナスの感情は人間がつくったものなのです。

*

死ぬときはひとりではない、と私が言う第三の理由は、死にさきだって、たとえ一時的にせよ、肉体を脱ぎ捨てると私たちは時間も空間もない場所に入ります。そこでは、思考と同じスピードで、どこでも好きなところに行けます。ヴェトナムで死んだ若い男性がシカゴにいる母親のことを考えれば、その思考と同じ速さでシカゴまで飛んで行けます。もしあなたがロッキー山脈で雪崩にあって死んだら、家族のいる……(聴衆のほうを見て)ええと、ここはどこでしたっけ(会場からくすくす笑い)、そうだ、ヴァージニアビーチでしたね(笑う)、あなたは思考と同じスピードで、ヴァージニアビーチまで来られるのです。

スージー

小さな女の子が白血病で入院しています。仮にその子をスージーと呼ぶことにしましょう。もう何週間も母親がつきっきりで看病しています。スージーは、このままでは母親をおいて死ぬことがますます難しくなると思いはじめます。ママはベッドのわきのアルミのレールによりかかって、口には出さずに、あるいははっきりと口に出して、「お願いだから、私をおいて死なないで。あなたが死んだら、ママは生きていけないわ」と懇願しているのです。そういう死はとてもつらいものです。

つまり、私たち親は、子どもたちに、ある意味で、親にさきだつという罪悪感を抱かせるわけです。もちろん、これは仕方ないことです。

でもスージーは、全的な生、死後の世界をすでにかいま見ていて、死によっても生は終わらないということを知っています。夜、意識の状態が変わると、肉体から離れ、どこでも好きなところへ飛んで行けることを、スージーはすでに知っています。死が近づいたことを感じると、彼女は母親に病院から立ち去るようにと言うでしょう。たとえばこんなふうに――「ママ、すごく疲れてるみたいよ。家に帰って、シャワーを浴びて少し休んだら？　私は本当に大丈夫だから」。

家に帰った母親に、三十分ほどして看護婦が電話をしてくるでしょう。「悲しいお知らせです、スミスさん。娘さんはたったいまお亡くなりになりました」。不幸なことに、多くの親たちは自分を恥じ、深い罪の意識を抱くでしょう。どうしてもう少しがんばれなかったんだろうかと、自分を責めるでしょう。あと半日いっしょにいてやれば最期をみとってやれたのに、と。

でも、親たちは知らないのですが、これは偶然ではありません。子どもたちは誰もそばにいないほうが楽に死ねるのです。その人をおいて先に死ぬという罪悪感をおぼえずにすむからです。

親たちはほとんどわかっていません。誰でも死ぬときはひとりではないのです。スージーは、後ろ髪を引かれるような思いから解放されて、繭から抜け出て、またたく間に自由になります。そして思考と同じ速さで、ママやパパや、そばにいてあげたいと思う人のところへ、どこへでも行けるのです。

＊

先にお話ししたように、私たちは誰でも神の部分をもっています。私たちは七百万年前にこの贈り物をもらいました。そのなかには、何でも自由に選択できる能力だけでなく、肉体を脱ぎ捨てられる能力も含まれています。それは、死ぬ瞬間だけでなく、危機的な状況や、疲れ切ったとき、まったく異常な状況や、ある種の睡眠中にもできる能力です。肉体離脱体験は死ぬ瞬間だけのことではない、ということを覚えていてください。

ナチスの強制収容所での自分の体験をつづった『意味の探究』という素晴らしい本を書いたヴィクトル・フランクルは、世界的に著名な心理学者のなかで、肉体離脱体験の研究をした、おそらく最初の人でしょう。彼がこの研究に手をそめたのは何十年も前のことで、そのころはまだこの研究をする人は少数でした。彼が調べたのは、ヨーロッパの、山から落ちた人たちで、彼らは落下の途中で、それまでの人生が走馬灯のように見えるという体験をしたのです。フランクルは、高い山から落ちるごくわずかな時間に――ほんの数秒でしょう――人生の出来事がどれほどたくさん頭に浮かんだかを調べ、肉体離脱体験のあいだは時間が存在していないにちがいない、という結論を下しました。ほかにも多くの人が、溺れそうになったときとか、危機的な状況におかれたときに、似たような体験をしていることがわかりました。

私どもの調査は、『体の外への旅』や『遠い旅』の著者、ロバート・モンローの協力を得て、実験的に証明されました。私自身、自然発生的な肉体離脱体験だけでなく、モンローが監修した、実験室で誘発された肉体離脱体験もしています。私の体験は、トピーカにあるメニンガー財団の研究者たちによって観察され、報告されています。そういう実験をする科学者は、いまではますます増えています。それによって、肉体離脱体験がじゅうぶん証明できる現象であることがわかりました。当然のことですが、科学者たちは、生に対する現在のような三次元的な研究方法ではとらえることがむずかしい、ある次元を、いろんな角度から研究しています。

守護霊や守護天使についても、また死の世界への移行に際して、愛してくれる人、たとえば先に死んだ家族などが出迎えてくれるという現象についても、研究されています。問題はやはり、これほど頻繁に見られる現象だけれど、それを、どうしたらより科学的に証明できるかということです。

死んだ身内が見える子どもたち

世界中の何万人もの人が、死の直前に同じ幻覚を見る、すなわち、先に死んだ身内とか友だちがそばにいるのを感じるというのは、精神科医である私にはとても興味深いことです。もしそれが現実ではないとしたら、何らかの説明がなくてはなりません。そこで、私はそれを研究・証明するための方法・手段を見つけようとしました。あるいは、それがたんなる願望の投影にすぎないことを証明する方法を。たぶん、それを調べるいちばんいい方法は、家族といっしょに事故にあった後の、死に瀕している子どものそばにいることでしょう。私たちはそれを、家族そろって出かけることの多い独立記念日の週末や、戦没将兵記念日、労働の日、そして週末に研究しました。というのも、そういうときには、家族いっしょに車で出かけ、正面衝突して、何人かが死んで、けが人があちこちの病院に運び込まれる、ということが多いからです。

私はきまって重傷の子どもに付き添いました。子どもが私の専門だからです。たいてい子どもたちは、事故で家族の誰が死んだかは教えてもらえません。でも、子どもたちはかならず、誰が死んだかをちゃんと知っています。これには驚かされました。

私は子どものそばにすわって、ときには手を握って、何も話しかけずに黙って彼らを見ていました。子どもは、最初は落ち着きがないのですが、たいていは死ぬ直前になって、穏やかな平和な表情を浮かべるのです。平穏な表情はかならず死の前兆でした。平穏な表情を見て取ったときに、私は子どもと話をしました。こちらからは何も仕向けません。ただ、彼らがいま何を体験しているのかを、もし嫌でなかったら話してもらえないかと頼むのです。どの子の話もほとんど同じでした。

ある子はこう言いました。「もう大丈夫。ママとピーターが待ってるから」。

注＝これと、あとのいくつかの例については、エリザベスの『新　死ぬ瞬間』の第十三章「子供たちと死の霊的側面」にもっとくわしく書かれている。

私はその子の母親が事故で即死したことを知っていました。でも、ピーターは別の病院の火傷治療部門に運ばれて、私の知るかぎりまだ生きていました。そのときはそのことを深く考えませんでしたが、集中治療室を出て、ちょうどナースステーションの前まできたとき、ピーターのいる病院から電話が入りました。電話の向こうで看護婦が言いました。「ロス先生、ピーターが十分前に息を引き取ったことをお知らせしようと思いまして」。

そのとき私はひとつ失敗しました。思わず「知っています」と言ってしまったのです。相手の看護婦は私のことを、頭が少し変だと思ったかもしれません。

私は十三年間、死の床にある子どもたちを見てきましたが、家族の誰が先に死んだかについて少しでも間違えた子どもはただの一人もいませんでした。統計を見てみたいものです。

インディアンの女性

たぶん、それよりもっと私を感動させた体験がひとつあります。それはアメリカン・インディアンの女性の例です。彼女は私に、居留地から何百キロも離れたところで妹がひき逃げされたときのことを話してくれました。後ろからきた車が止まって、妹を助けようとしたけれど、妹はその見知らぬ人に「自分は父親といっしょだから大丈夫だ」と、かならずかならず母親に伝えてほしいと懇願すると、息を引き取ったそうです。じつは、彼女たちの父親はその一時間前に、事故現場から千キロ離れたインディアン居留地で死んでいたのでした。妹がそれを知っているはずはありませんでしたのに。

＊

ある女性患者は、実験室での爆発事故で目が見えなくなってしまいましたが、肉体から離れた瞬間、また目が見えるようになり、事故の全体や、部屋に駆け込んでくる人びとの様子を、あとで細かく語ることができました。どうしてこれらの人たちの多くが、人工的に蘇生させようとする私たちの努力に腹を立てるか、おわかりですか。彼らはもっと豪華な、もっと美しい、そしてもっと完全なところにいるからです。

＊

ある十二歳の少女は、臨死体験がどんなに素晴らしかったかを、母親に打ち明けることができませんでした。子どもが家よりもいい場所を見つけることを喜ぶ母親はいないからです。母親がそう考えるのも無理はありません。しかし、彼女は自分の体験があまりに美しかったので、誰かに言わずにはいられず、ある日、父親に打ち明けました。死ぬことは本当に素晴らしい体験だから自分は帰ってきたくなかった、と。彼女の体験には、まわりのことが全部見えるとか、何とも言えない愛と光があるなど、ほかの人びとと共通することのほかに、彼女にしか見られないものがありました。そこにはお兄さんがいて、優しさと愛と共感を込めて彼女を抱いてくれたのです。それで、彼女は父親に言いました。「へんね、あたしにはお兄ちゃんなんかいないのにね」。すると父親は、じつはお前には兄がいるのだと言いました。彼女が生まれる三か月前に死んでしまった兄です。両親は一度もそのことを娘に話したことがありませんでした。どうしてこういう例をあげるのか、おわかりですか。多くの人が、「そりゃ、彼らはまだ死んでいないんだし、死ぬときに愛する人たちのことを考えるのは自然だろう」と言うからです。でも、見たこともないきょうだいを視覚化できる人なんか、どこにいますか。

＊

死んでいく人が、家族の死を知らされていないのに、その家族に出迎えられる、という例はほかにもたくさんあります。

私は、死を迎えようとしている子どもたちにかならず聞きます。誰にいちばん会いたいか、誰にいちばんそばにいてほしいか、と。

（いまここで、という意味です。彼らの多くはこの種のことをまったく信じていませんから、いっしょに死後の生のことを語り合うというわけにはいきません。私は患者にそういう話を押しつけたりしません）。そこで、いつでも子どもにこう聞きます。「もし一人選べるとしたら、誰にずっといっしょにいてもらいたい?」。九九パーセントがパパかママと答えます。黒人の子どもの場合は、よく伯父さんであったり叔母さんであったりします。たぶん、伯父や叔母がいちばんかわいがってくれ、いちばんいっしょにいてくれるのでしょう。でも、これは文化のちがいにすぎません。こういうふうに、ほとんどの子どもがパパかママと言いますが、でも、親が先に死んだ場合をのぞいて、死のすぐそばまで行ったときに、ママとかパパを見たという子どもはひとりもいません。

多くの人はこう言います。「それは願望の投影だ。死にかけている人は、絶望し、孤独で、恐怖にふるえているから、愛する人がそばにいるように空想するのだ」。もしそうなら、死の迫った子どもたちの九九パーセントは、ママやパパを見たはずではありませんか。出迎えてくれる人はかならず、心から愛している人で、しかも、たとえ一分でも先に死んだ人です。

飲んだくれ

ある男性の場合です。彼は自動車事故で家族全員が焼死してしまいました。中流の働き者のよき夫、よき父としてふつうの暮らしをしていた彼は、この悲劇の後、まったくの飲んだくれになってしまい、毎日朝から晩まで浴びるように酒を飲み、ありとあらゆる薬を飲んでは自殺をくわだてましたが、どうしても死ねませんでした。

ある日、彼は、彼自身の表現によれば「酔いつぶれて」、森のはずれの泥道にひっくり返っていました。家族といっしょになりたくて、もう生きているのが嫌で、道路わきまでからだを移す元気もなかったのです。大きなトラックが走ってきて、彼をひきました。その瞬間、彼には、重傷を負った自分が道路に横たわっているのが見えました。彼は事故の一部始終を一メートル上から眺めているのでした。

そのときです、彼の前に家族があらわれたのは。家族はみな、まばゆい光に包まれ、顔には信じられないような愛と幸福の微笑を浮かべていました。自分たちの存在を知らせるためだけにあらわれたのです。彼らは言葉ではなく、一種のテレパシーによって、死後の生のよろこびと幸福を語ってきかせました。

この体験を話したとき、彼は家族とどれくらいの時間いっしょにいたのか思い出せませんでしたが、彼は、家族の素晴らしい健康、美しさ、輝き、そして現世での彼の暮らしをそっくり認めてくれる無条件の愛に、すっかり畏怖の念を抱き、家族には触れず、合流せず、自分の肉体のなかにもどって、この体験を世界中の人に話して回ろう、と誓ったのです。それは、自分の肉体を捨て去ろうとした二年間のすさんだ暮らしの、いわば償いでもありました。

そう彼が誓った後になって、トラックの運転手が傷ついた彼の体を車の中に運び、救急車が猛スピードで事故現場にやってきて彼を担架にのせ、病院の急患室に運び込みました。彼はその一部始終をそばでながめていました。急患室で、彼はやっと自分の肉体のなかにもどり、体をベッドにしばりつけていたひもを引きちぎり、ふるえも幻覚もなく、麻薬やアルコールの大量摂取の後遺症もなく、元気に病室を出ていきました。彼は快復し、自分の全体を取りもどしたような気がしました。そして、死後の生について、できるだけ多くの人に話すまでは絶対に死なない、と心に誓ったのでした。

体験談を語ってくれた後、彼がどうなったのかはわかりません。しかし私は、彼がワークショップでステージに立ち、ホスピスで働く数百人の参加者を前にして、肉体は現世の自分を包んでいる殻にすぎないのだという認識について熱弁をふるったときの、その目の輝きや、歓びと感謝の表情は、いまでも忘れません。

ピーター

さまざまに異なる宗教をもった人たちの臨死体験のちがいは、それぞれちがった宗教上の人物があらわれるということです。たぶんそのいちばんいい例が、ピーターという二歳の男の子でしょう。この子は、ある医院で、そこの医師からあたえられた薬に対して過敏反応を起こして死を宣告されました。父親が到着するのを待つあいだ、母親は必死に息子の体をなで、泣き叫び、死なないでと懇願しました。どれくらいたったころでしょう（母親には永遠と思われました）、二歳の子どもが目を開け、老いた賢者のような声で言いました。「ママ、ぼくは死んだんだ。とてもきれいな場所にいたから、帰りたくなかった。イエス様とマリア様がそばにいたよ」。

マリアは彼に、まだ死ぬべきときではないから帰りなさい、と繰り返し言ったのだそうです。でも彼はなんとかそれを無視しようとしました。二歳の子ですから無理もありません。しかしマリアは彼の手首をつかんで押しやり、言いました。「ピーター、帰らなくてはいけません。お母さんを火から救わなくてはならないのです」。

その瞬間、ピーターは目をあけたのです。「マリア様にそう言われたから、走ってうちに帰ってきたんだ」。

母親はこのことを十三年間誰にも話さず、ひとりでひそかに悩んでいました。というのも、彼女はマリアがピーターに言ったことを誤解していたのです。彼女はピーターが、母親を地獄の業火から救わなくてはならないと言われたのだと思い込んでいました。信仰のあつい、働き者のまじめな女性でしたから、どうして自分が地獄に行く運命なのかと、ひとしれず悩んでいたのです。

私はこう説明しました。――あなたは象徴言語を知らなかったから誤解したのです。これはマリア様からの素晴らしい贈り物です。マリアは、霊の世界の他の存在と同じく、無条件の完璧な愛の存在であり、絶対に人間を責めたり批判したりしません、非難とか批判はもっぱら人間だけの特徴です、と。私は彼女に、しばらく頭で考えるのをやめて、霊的・直観的な部分の自然な反応に耳をかたむけてごらんなさい、と言いました。そしてこう質問しました。「十三年前、もしマリア様がピーターを送り返してくれなかったとしたら、どうなっていたかしらね」。彼女は両手で頭を抱え、大声を張り上げました。「ああ、きっと地獄の業火に焼かれるような毎日だったことでしょう！」。

もう私がわざわざ「これでわかったでしょう、マリアがあなたを火から救ってくれたという意味が」と説明する必要はありませんでした。

コリー

コリーはシアトルの五歳の男の子で、私の会った、死の床にいる子どもたちのなかで――おかしな言い方ですが――私のいちばんのお気に入りです。この子はゆっくりと死に向かっていました。これはつらいことです。そしてついに、あと一週間の命と診断されるところまできました。彼は、何か質問があるときや、やり残した仕事を思い出すたびに、私に電話をかけてきました。

その数か月前から、彼は臨死体験を何度か経験していました。ですから彼はまだ五歳なのに、すっかり老成していて、死を恐れてはいませんでした。死ぬとどうなるのかを、彼は病院中の子どもたちにくわしく話して聞かせました。

コリーが教えてくれた最後の臨死体験は、この絵でした。見えますか（絵を掲げ、聴衆に見せる）。

左上の部分はつねに死に対する認識をあらわす場所ですが、そこには色鮮やかなお城が描かれています。現世にもどってきたとき、コリーは母親にこう言いました。「これは神様。これは神様のお城。そこには踊ったり笑ったりするお星様がいるんだ。そのお星様が『よく帰ってきたね、コリー』って言った」。それが彼の体験でした。

コリーは私に、この絵をみんなに見せてほしいと言いました。ここに虹が描かれているからです。コリーはこう説明しました。「これはただの虹じゃなくて、この世界から次の世界に行くときに渡る橋を横から見たところなんだ」。いま、こうやってみなさんにこの絵をお見せして、私はコリーとの約束を守ったわけです。

この臨死体験のあと、また心配事ができてコリーは私に電話をよこし、犬のクエーサーもあそこで待っていてくれるだろうか、それがどうしても知りたい、と言いました。クエーサーは二週間前に死んだのです。

こういう質問にどう答えたらいいかは、大学の医学部では教えてくれません。私はこう答えました。「自分のほしいものがいつでも手に入るとは限らないわ。でも、自分にとって本当に必要なものはかならずもらえる。だから、もしあなたがどうしてもクエーサーが必要なら、お願いすることね。そうしたら、たぶんクエーサーは待っててくれるでしょう。私に言えることはそれだけ」。

次の臨死体験のあと、コリーは興奮して電話してきて、こう言いました。「エリザベス！クエーサーがいたよ。しかも、しっぽを振ってたよ！」。

トンネルと光

聖書は象徴言語に満ちています。人びとはその美しいメッセージを素直に理解しようとせず、自分自身のマイナスの感情、恐怖、罪悪感、自分やひとを罰したいという欲求などをそこに読み込んでいますが、もっと自分の霊的・直観的な部分に耳をかたむければ、美しい象徴言語が理解できるようになります。死の床にある患者さんたちが、自分たちの欲求や知識や認識を私たちに伝えたいときに使うのも、それと同じ象徴言語です。

言うまでもありませんが、ユダヤ人の子どもがイエス・キリストを見るとは思えません。たぶんプロテスタントの子どもがマリア様を見ることもないでしょう。でも、イエスやマリアがユダヤ人やプロテスタントの子どもが嫌いだというわけではありません。私たちはいつでも本当に必要なものをあたえられるのです。私たちを出迎えてくれるのは、先に死んだ、私たちがいちばん愛していた人たちです。

その、私たちが愛していた人たち、そして守護霊や守護天使に迎えられた私たちは、象徴的な場所を通過します。その場所はしばしばトンネルとか川とか門という形で描写されます。人はそれぞれ、自分がいちばんふさわしいと思う象徴を選びます。私自身の体験では、その場所は野花の咲き乱れる山道でした。理由は単純です。私の思い描く天国には山があり、花があるからです。何しろ私はスイスで幼年時代を過ごしましたから。どんな場所を通ってあの世へ行くかは、その人の育った文化によって決まるのです。

トンネルなど、人それぞれにとってふさわしい形の、この視覚的に美しい場所を通り抜けると、私たちは、私の患者の多くが語ってくれた、光の源に近づきます。私自身も体験しました。それは「宇宙意識」とでも呼ぶべき、信じられないほど美しい、忘れることのできない、人生を変えてしまうような体験でした。

私たち西洋人はこの光を「キリスト」とか「神」とか「愛」とか「光」と呼びますが、その光の前に立ったとき、私たちは全体的・絶対的な無条件の愛・理解・共感に包まれます。この光は、物理的エネルギーや心的エネルギーではなく、霊的エネルギーの源です。人間にはこの霊的エネルギーを使うことも操作することもできません。それは、マイナスの感情がひとかけらもない存在領域のエネルギーなのです。つまり、現世にいたときに私たちがどんなに悪く、どんなに大きな罪悪感を抱いていようと、その世界にはマイナスの感情はいっさいないのです。しかも、「キリスト」とか「神」と呼ばれるこの光に裁かれることも絶対にありません。なぜなら、それは絶対的・全体的な無条件の愛なのですから。

人生を振り返る

その光に包まれて、私たちは自分の可能性、つまり、自分はどんなものになりうるか、自分の人生はどんなものになりうる可能性があったか、を知ります。そしてその光のなかで、共感と愛と理解に包まれて、私たちは自分の存在の全体を振り返り、評価をあたえます。もう私たちはいわゆる精神にも、肉体としての脳にも、狭くて窮屈な体にもつながっていないので、あらゆる知識と理解を手に入れます。そうして、自分の人生のすべての思考、言葉、おこないを振り返らなくてはなりません。それと同時に、それらがほかの人びとにどれほど影響をあたえたかを知らされます。

この霊的エネルギーの世界では、私たちはもはや物理的・肉体的な形をとる必要はありません。さらに、肉体に似せた仮の霊的な肉体をも脱ぎ捨てて、生まれる前と同じ形になります。別の形で生まれ変わるまでは、永遠にこの形でいるのです。そして運命をまっとうしたとき、この形で「源」あるいは「神」と合体するのです。

重要なのは、私たちは存在のはじめから、神に帰るまで、いつも同一性を保ち、自分だけのエネルギーパターンを保つということです。この宇宙の、この地球上にいる、そして、さえぎるもののない世界にいる、何十億という人間のうちに、二つと同じエネルギーパターンはありませんし、同じ人間というのはいません。そっくりの双子でさえちがいます。造物主の偉大さを疑う人は、たがいにすべて異なる何十億ものエネルギーパターンを作り出すには、どれほどの才能と労力が必要か、それを考えてみればいいのです。人間は一人ひとり全部ちがいます。この奇跡に匹敵しうるのは、空から降ってくる雪のかけらの形くらいのものでしょう。

幸いなことに私は、たがいに異なる何百というエネルギーパターンを日中でも肉眼で見ることができる、という特異な才能に恵まれました。それは、空からはらはらと降ってくる雪に似ています。雪のかけらは一つひとつ、色も形も光り具合もみんなちがいます。私たちも、死んだ後はそういうふうに見えるのです。生まれる前も、そういう形で存在していたのです。まったく場所をとりませんし、星から星へ、地球から別の銀河系へ行くのも一瞬です。そのエネルギーパターン、その存在は、いま生きている私たちの身辺にもあるのです。もしそれが目に見えたなら、私たちはいつ何時でもけっして一人ではないということがわかるでしょう。私たちは、私たちを愛し、導き、保護してくれる存在に囲まれています。それらの存在が、運命をまっとうするには、どの方向へ進めばいいのかを、教えてくれるのです。

おそらく、耐えがたいほどの痛み、悲しみ、孤独感に襲われたとき、私たちは感度が鋭くなり、そういう存在を意識できるようになります。夜、寝る前に、その存在と意思を通じ合わせ、姿をあらわしてくれと頼むことができます。また、寝る前にあれこれ質問をして、夢のなかで答えてもらうこともできます。睡眠状態や夢のなかで感度を高めることができる人は、私たちの抱える疑問の多くは、睡眠中に夢のなかで答えを得ているということを知ります。私たちが自分の奥底にいる内的な存在、すなわち自分の内部の霊的な部分に感度を合わせれば合わせるほど、当然ですが、その自分自身の内的な存在、すべてを知っている自己、私どもが蝶と呼ぶ不滅の部分から、助けと導きを得ることができるでしょう。

シュワルツ夫人の「来訪」

シュワルツ夫人の話を最後までお話ししていませんでした。きっと予定時間を超えることになると思いますが、最後までお話ししましょう。彼女は息子が成人した二週間後に亡くなり、埋葬されました。でも、私にとっては大勢いる患者さんたちの一人でしたから、もし「来訪」をうけなかったら、たぶん私は彼女のことは忘れていたでしょう。

彼女の葬儀のあと十か月ほどたったころ、私は困っていました。私はいつでも問題を抱えているのですが、そのときの問題はいつもより深刻でした。私の「死とその過程」のセミナーが堕落しはじめていたのですから。私が心から愛し、いっしょにセミナーをはじめた牧師は、身を引いてしまいました。新しく加わった牧師は宣伝に熱心で、セミナーは世間に認知されるようになりましたが。

毎週同じことを話さなければならず、テレビのマンネリ番組みたいになってしまいました。やる価値のないものになってしまったのです。もう生きていても仕方ないのに、いたずらに延命しているという感じでした。それで、もはや自分のものとは思えず、これをやめるには私がシカゴ大学を辞める以外に方法がない、と思いました。もちろん胸がつぶれるような思いがしました。大好きだった仕事がすっかり変わってしまったので、ある日、私は一大決心をしました。「シカゴ大学を辞めよう。今日、死とその過程のセミナーが終わったらすぐそれを打ち明けよう」。

新しい牧師と私は、セミナーのあと、いつもきまってエレベーターまで並んで歩き、エレベーターが来るのを待ちながら仕事の話を片づけると彼はエレベーターに乗り、私はオフィスにもどるのでした。私のオフィスはセミナーと同じ階の廊下の突き当たりにありました。

その牧師の最大の欠点は、人の話を聞こうとしないことでした。それで、教室からエレベーターまでのあいだに、私は三度、「私は手を引きます。セミナーはあなた一人のものです」と言おうとしたのですが、彼は聞こうとせず、何か別のことを話しつづけていました。私は死にものぐるいでした。私は死にものぐるいになると積極的になるほうです。で、その牧師は大男なのですが、エレベーターが来る前に私は彼のえり首をつかんで言いました。「ちょっと待ってください。私は恐ろしい決断をしたの。それを聞いてちょうだい」。大男をひっつかまえてそう言ったことで、私は自分が英雄になったみたいな気分でした。でも彼は何も答えません。

そのとき、エレベーターの前に一人の女性があらわれ、私は彼女を見つめました。よく知っている人なのに、それが誰だかどうしても思い出せない、ということがあるでしょ。みなさんにも経験があると思います。私は牧師に、「まあ、あれ、誰だったかしら。知ってる人だわ。私のことをじっと見ている。あなたがエレベーターに乗るのを待っているんだわ。きっと私に用があるのよ」。

私は、彼女が誰かということに心を奪われて、牧師をつかまえようとしていたことをすっかり忘れていました。その女性が忘れさせたのです。彼女は透き通っているように見えましたが、後ろにあるものがはっきり見えるほどではありませんでした。私は牧師にもう一度「誰かしら」と聞きましたが、牧師は答えませんでした。それで私は牧師のことはあきらめました。私が最後に牧師に言ったのは、「私からじかに彼女に、あなたの名前が思い出せないって言うわ」という意味のことでした。先ほどからのことはすっかり忘れていたのです。

牧師がエレベーターに乗るとすぐに、その女性が近づいてきて、「ロス先生、帰ってきました。オフィスにお寄りしてもよろしいですか。ほんの二、三分しかお時間はとりません」という意味のことを言いました。彼女が私の名前もオフィスの場所も知っていたので、彼女の名前を思い出せないということを、こちらから言わずにすみました。

エレベーターからオフィスまでの距離があんなに長く感じられたことはありません。私は毎日、精神分裂病の患者たちと接しています。彼らのことを愛しています。彼らが何か幻覚を見るたびに、私はこれまで何千回もこう言ってきました。「壁に聖母が見えるんでしょ。でも私には見えないわ」。で、そのとき、私は自分に言い聞かせました。「エリザベス、あの人が見える、って言いたいんでしょ。でもそれはありえないことよ」。

私がそのとき何をしていたか、おわかりになりますか。私はエレベーターからオフィスに行くまで、自分に対して検証をしていたのです。「疲れているせいだろうか。これまで精神分裂病患者ばかり診てきたせいだろうか。いろいろなものが見えはじめたようだ。この女にさわって、現実かどうか確かめなくては」。彼女の肌が温かいか冷たいかを知ろうと思い、あるいは触れたとたん消えてしまうのではないかと思い、実際に触れてみたりしましたが、オフィスにつくまで、自分がどうしてそんなことをしているのか、自分でもわかりませんでした。私はそのとき、観察している精神科医であると同時に患者でもあったのです。自分のしていることも、また自分がその女性を誰だと思っているのかも、わかりませんでした。ひょっとしたら、この人は本当に何か月も前に死んで埋葬されたシュワルツ夫人かもしれないという考えを必死に押し殺そうとしました。

オフィスまでくると、彼女がドアを開けました。まるで私のほうが客みたいに。彼女は本当に信じられないくらいの優しさと思いやりと愛情を込めてドアを開け、こう言いました。「ロス先生、私が帰ってきたのには二つ理由があります。ひとつは先生とゲインズ牧師にお礼を申し上げるためです」。ゲインズ牧師というのは、私と理想的な協力関係にあった、素晴らしい黒人牧師です。「私にしてくださったことに対して、お二人にお礼を言いたくて。でも私が帰ってきた本当の理由は、先生にお願いするためです。死とその過程についてのお仕事をやめてはいけません。まだ、いまは」。

私は彼女の顔を見つめました。そのとき私が彼女のことをシュワルツ夫人かもしれないと思っていたかどうかは覚えていません。何しろ彼女は何か月も前に埋葬されていましたし、私は死者のよみがえりとかそういったことはいっさい信じていませんでした。私はなんとか自分の机にたどり着くと、こうすれば彼女が消えるのではないかと期待して、そこに実在している机や椅子やペンにさわりました。でも彼女は消えませんでした。そこに立ったまま、優しく、でも同時に強い調子で言いました。「ロス先生、聞こえますか。でも、いの仕事は終わっていません。私たちがお手伝いします。時がくればわかります。先生まはまだやめないでください。そう約束してください」。

私は思いました。「やれやれ、こんなことを話しても、誰も信じてくれないだろう。いちばんの親友だって」。そのときは、何百人もの人にこの話をすることになろうとは夢にも思いませんでした。私のなかの科学者が首をもたげ、ひじょうに狡猾な、とんでもない大うそをつきました。「ゲインズ牧師はいまアーバナにいるの」。

そこまでは本当でした。ゲインズ牧師は実際にアーバナの教会に移ったのです。「あなたがひとこと何か書いてくれたら、きっと喜ぶと思うわ」。

私は彼女に紙と鉛筆を渡しました。おわかりでしょ、私はその手紙を親友の牧師に送るつもりはなく、科学的な証拠にしたかったのです。埋葬された人間に手紙が書けるはずがありません。彼女はじつに人間的な——いや、人間ではありませんね——優しい笑みを浮かべました。私のもくろみなど、お見通しだったのです。テレパシーというものがあるとしたら、私の考えていることが彼女に伝わった方法はテレパシーでした。それでも彼女は紙と鉛筆を受け取って、短い手紙を書いてくれました。もちろん私どもではそれをガラス張りの額縁に入れて大事に保管しています。書き終えると、彼女は言葉には出さずに言いました。「これで満足ですか？」。

私はそれを見て、思いました。「これは誰にでも話せるような話題じゃない。とにかくこれは大事にしておこう」。彼女は立ち上がって、繰り返しました。「ロス先生、約束してください」。私が「約束するわ」と答えた瞬間、彼女は出ていきました。
その手紙はいまもちゃんと持っています。

私の神秘体験

ここで、私自身の神秘体験を少しお話しさせてください。その体験は私に教えてくれました。――科学の理解を超えた世界が確かにあり、それらは真実であり、現実であり、人間なら誰しもそれを体験できる、ということを。はっきり言っておかなければなりません。私は若いころ、高次の意識といったものには何の関心もありませんでした。グルに師事したこともありません。瞑想は、東洋だけでなく、西洋でも最近はとくに、多くの人にとって大きな平穏と理解の源ですが、じつは私は一度もちゃんと瞑想をしたことがありません。でもいっぽう、死の床にある患者さんと接するときには、私のなかのスイッチが切り替わることも確かです。私は何千時間も患者さんたちのそばで過ごしました。その間は、何者も私たちの邪魔をすることはできませんでした。あれは一種の瞑想かもしれません。もしそうだとしたら、私は何千時間も瞑想してきたわけです。

私は心から思うのですが、神秘体験を得るのに、山の頂上に行ったり、隠遁したり、インドに行ったりする必要はないのです。人間には誰にも、肉体の部分と、感情の部分と、知性の部分と、そして霊的な部分があります。自分の不自然な感情や感覚、憎しみや苦悩、未解決の悲嘆、海のようにため込んだ涙を、表に出すことさえできれば、本来の自分にもどることができます。人間は四つの部分からできていて、その四つが調和と全体性を保ちながら協力し合っているのです。

その四つの部分が調和を保つためには、どうしたらいいのでしょうか。まず、自分の肉体的存在を受け入れ、愛することです。そして自然な感情を、たとえば自然な怒りを、重荷として背負うのではなく、表に出して人と分かち合うのです。自然な嫉妬をおぼえれば、ほかの人の才能を懸命に見習うでしょう。また、自然な恐怖は二つしかない、すなわち落下の恐怖と大きな音に対する恐怖だけだ、ということを理解すればいいのです。そのほかの恐怖はみんな、おとなからあたえられたものにすぎず、おとなは自分たちの恐怖を子どもに投影し、それが世代から世代へと受け継がれてきたのです。

そして、その四つの部分の調和が保たれるためには、私たちが無条件に愛し、愛されることを学ばなくてはならない、ということです。これがいちばん大事なことです。

私たちのほとんどは、「もし……したら愛してやろう」と言われ、娼婦のように育てられました。この地球上で、いちばん多くの人間を台なしにしてきたのは、この「もし」という言葉です。この言葉のせいで、私たちは娼婦になりさがり、いい振る舞いをしたりいい成績をとれば愛してもらえるのだと思い込み、自分自身を愛し大切にすることを忘れてしまったのです。

　また、四つの部分の調和が保たれるためには、罰ではなく、愛情のこもった、筋の通ったしつけによって育てられることが重要です。魂の師たちは教えています。——無条件の愛としつけによって育てられれば人生の嵐を恐れないだろう。人間の唯一の敵である恐怖と罪悪感と不安をもたないだろう、と。

　峡谷に、嵐を避けるための覆いをかぶせてしまったら、素晴しい景色も見えなくなってしまいます。

　だから私は、グルを探しもせず、瞑想しようとも思わず、高次の意識を獲得しようという努力もしませんでした。しかし、人生のある状況や患者が私自身のなかにあるマイナスの感情に気づかせてくれるたびに、私はそれをできるだけおもてに出してきました。おかげで、肉体的部分、感情的部分、知的部分、霊的部分の四つがだんだん調和してきました。宿題をこなし、練習に励みながら、私はあちこちで教壇に立ちました。そうするうちにだんだん神秘体験、つまり、自分自身の霊的・直観的側面との接触を体験できるようになりました。それと同時に、無限の世界からやってくる守護霊とも接触できるようになりました。彼らはいつでも私たちを取り巻いていて、私たちが自分の運命をこの一生のあいだにまっとうするように、この世にいるうちに合格できなかった科目をまた履修するためにもどってくるなどということがないように、私たちに知識と方向をあたえてくれ、さらに、人生とは何か、自分個人の運命はどういうものかを理解する手助けをしてくれるのです。

＊

私の最初の神秘体験は、ある研究プロジェクトによって得られました。ヴァージニアの実験室で、懐疑的な学者たちが観察するなか、医学的な手段によって人工的に肉体離脱体験を得たのです。

私は小部屋に置かれたウォーターベッドの上に横たわりました。しばらくすると、空中にふわふわ浮いていました。天井がどんな作りになっているのか、調べてみようと思いました。というのも、どんな素材でも透視できたからです。私は興奮しました。でも、実験の主任から呼びもどされてしまいました。私の反応があんまり早いので、彼は心配になったのです。ある意味で、彼は私自身の欲求と人格に干渉したわけで、私はがっかりしました。

それに対して「イエス」と言う

次に実験室に入ったとき、私は実験の主任を信用できませんでした。用心深すぎるのです。そこで、彼を出し抜いて、自分で自分を誘導し、光速よりも速いスピードで、肉体離脱を体験した人がまだ誰も行ったことがないような遠くまで行ってやろうと、ひそかにたくらみました。医師から誘導された瞬間、私は信じられないようなスピードで、文字どおり体外に飛び出しました。でも次の瞬間、私は水平方向に突き進んでいること、そしてそれは間違った方向であることに気づき、九十度方向を転換して垂直に上へ上へと進みました。スリル満点でした。誰にも追いつかれないように、できるだけ速く、できるだけ遠くまで行ったところで、もう安全だと思いました。ここなら誰にも見つからないだろう、と。私は、まさしく、誰も来たことのない場所にいたのです。その後、私に何が起こったのかはまったく覚えていません。

この世の肉体にもどったとき、覚えていたのは「シャンティ・ニラヤ」という言葉だけでした。どういう意味なのか、見当もつきませんでしたし、自分がどこにいたのかもわかりませんでした。ただ、私はひどい腸閉塞に苦しみ、床から本を拾うこともできないほど痛い椎間板ヘルニアにも悩んでいたのですが、それが治ったという感覚だけがありました。

実験室から出てきたときは、ほんとうに腸閉塞が治っていましたし、五十キロの砂糖の袋を床から持ち上げても、ぜんぜん痛みを感じませんでした。みんなからは「顔が輝いている」「二十歳も若返った」などと言われて質問ぜめにあいました。私がいったいどこまで行ったのかは、翌晩までわかりませんでした。その晩、私はブルーリッジ山脈のなかにある寂しいゲストハウスに、たったひとりで泊まりました。だんだん、どうやら私は遠くに行きすぎたらしい、今度はその埋め合わせをしなければならないだろう、といういやな予感がしてきて、怖くなりました。

私はなんとかして眠ろうとしましたが、「それはかならず起きる」という漠然とした予感にとらわれていました。それが何を意味するのかはわからなかったのですが。

うとうとした瞬間、おそらくどんな人も味わったことがないだろうと思われるような、恐ろしく激しい痛みに襲われました。私は、まさに、それまでに接した千人の患者の千の死を体験したのです。すべての出血、すべての痛み、苦しみ、涙、孤独など、すべての患者のすべての否定的な面を味わったのです。それが千回、毎回ちがったふうに、でも同じ痛みをともなって繰り返されました。

肉体的、感情的、知的、霊的、すべての部分の苦痛でした。息をすることもできず、あまりの痛さに、のたうち回りました。そうやって苦しみながらも、私にはわかっていました。――自分が人間の手の届かないところにいること、そして、一晩中それに耐えなければならないことが。

私は一晩中ずっと苦しみつづけました。その間に痛みが一時的に収まったのはたった三回だけでした。お産のときの陣痛みたいで、いったん収まったかと思うと、ほとんど一息つく間もなくまたはじまるのです。その、何とか一息つくことができた三度の小休止のあいだに、ひじょうに重要な象徴的なことが起こりました。もっとも、それが理解できたのはずっと後のことです。最初の休止のとき、私は誰かの肩に寄りかかりたいと思いました。男性の左肩に頭をもたせかけることができたら痛みがもう少し楽になるだろうに、と思いました。でも、誰かの肩を私にくださいと懇願した瞬間、優しくて同情的な、けれども厳しく深い声がしました。「だめだ」。

それからまた永遠かと思われるほどの時間がたって、やっと一息つくことができました。そのときは、誰かの手を握りたいと思いました。ベッドの右側に誰かの手があって、それを握ることができれば、痛みをがまんしやすくなるのに、と思いました。でも、前と同じ声が聞こえました。「だめだ」。

三度目の、最後の休止のとき、私はせめて誰かの指先がほしいと思いました。もちろん指先では握るわけにはいきませんが、少なくとも指先が見えれば、誰か人がいることがわかって少しは気が楽になるでしょう。でも、このへんがじつに私らしいのですが、こう考えました。「いやだ、手があたえられなくては。指先なんてほしくない」。それが私の結論でした。私にだって、最低限のものくらいあたえられるべきだ。私にとっては手が最低限だ。指先じゃ不満だ。

そして私は、もっと激しい痛みと苦しみを味わいました。私は思いました。「私は、死の床にある孤独な患者たちの手をたくさん握ってきた。どうしてその私が誰かの手を握ることさえ許されないのだろうか。私はそんなに悪い人間なのか。そんな極悪人なのか」。

そして、私にとっては生まれてはじめて、信仰が問題になったのです。信仰は、自分にはこの苦しみにたったひとりで耐えるだけの力と勇気がある、という深い内的な知につながっていました。また、われわれは耐えられる以上の試練を与えられることはない、という信仰と知をも含んでいました。

そのとき、はっと気づいたのです。闘いをやめ、反抗するのをやめて、戦士であることをやめ、ただ平和におだやかに、自分からすすんで身をまかせさえすればいいのだ、それに対して素直に「イエス」と言いさえすればいいのだ、と。

私は声には出さずに、頭のなかで「イエス」と言いました。その瞬間、ふいに苦しみが終わりました。呼吸が楽になり、肉体の痛みは消えました。

そして、千の死に代わって、今度は再生を経験しました。それはとうてい人間に形容できるものではありません。

まず最初にお腹が、脈を打つというか、ものすごいスピードでふるえはじめました。その振動は体いっぱいに広がり、さらに私の目に触れるものも片っ端からふるえはじめました。私は自分のお腹を見おろしましたが、解剖学的には考えられないような角度で見えました(私はそういう体験をしながら、科学者として観察していました。まるで第二の私が私を見おろしているみたいでした)。

私の見るものすべてがふるえていました。天井、壁、床、家具、ベッド、窓、そして窓の外の地平線も振動していました。ついには地球全体が、ものすごいスピードで振動しはじめました。分子の一つひとつが振動し、同時に、蓮の花のつぼみみたいなものが眼前にあらわれ、何とも美しい色の花が咲きました。そしてその花の後ろに、患者たちがよく話していた光が見えました。私は猛スピードで振動する世界のなかを、開いた蓮の花を通って、その光に近づき、信じられないような無条件の愛のなかに溶け込んでいき、ついにはその光と一体になりました。

そして、その光源と一体化した瞬間、いっさいの振動が止まりました。深い静寂がおとずれ、私は、催眠状態のような深い眠りに落ちました。目覚めたとき、私は知っていました。――さあ服を着て、サンダルをはき、山をおりなくてはいけない。地平線から太陽がのぼるときにそれがはじまる、と。

＊

一時間半ほどして、私は目覚め、服を着てサンダルをはき、山をおり、おそらく人間がこの地上で体験できる最高の陶酔感を味わいました。私は、私を取り巻いている世界に対する愛と畏怖に満たされていました。私は一枚一枚の葉に、一つひとつの雲に、一本一本の草に、一匹一匹の虫に、恋していました。道の小石たちが脈打っているのが感じられました。私は、まぎれもなく小石の少し上を歩きながら、小石たちに「踏んだりしませんよ。

あなたたちを傷つけたりしませんよ」と話しかけていました。

山の下までおりてきたとき、自分が地面に触れずに歩いてきたことに気づきました。でも、私の経験が本物であることは疑いありませんでした。ただ、生きているものすべての内には生命が脈動している、という宇宙意識や宇宙的な愛は、言葉では言い表せないのです。

*

皿を洗い、洗濯をし、家族に食事をつくるといった日常的な現実にもどるには数日かかりました。

自分の体験を言語にできるようになるまで数か月かかりました。ある素晴らしい、理解のあるグループが、カリフォルニアのバークレーで開かれたトランスパーソナル心理学の学会に招待してくれ、私はそこではじめて自分の神秘体験について話しました。

宇宙意識

話をした後、ある人が私の得た新たな意識に名前をつけてくれました。「宇宙意識」です。それで、私はいつものように図書館に行って同じタイトルの本を見つけては、それを読んで、そうした状態の意味を理解しました。

またその折に、私があらゆる光の源である霊的エネルギーと合体したときにあたえられた言葉、「シャンティ・ニラヤ」というのはサンスクリット語で「平和の終《つい》の住処《すみか》」という意味であることを教えられました。あらゆる苦しみ、痛み、悲しみ、嘆きを通り抜けて、痛みを感じなくなり、本来の自分にもどったとき、私たちはその家に帰るのです。本来の自分とは、肉体、感情、知性、霊の四つの調和のとれた人間であり、本当の愛は要求もしないし「もし……ならば」とも言わないということを知っている人間です。そしてこの愛の状態を理解すれば、すべての人がその全体性と健康を取りもどし、誰もが一回の人生のうちに運命をまっとうすることができるのです。

この神秘体験によって、私の人生は大きく変わりました。どんなふうに変わったかは、言葉ではうまく説明できません。ただ、この体験のおかげで、こういうことがわかりました。もし死後の生についての私の理解を人に話そうとするなら、文字どおり千の死を味わなければならないということです。また、私が住んでいる社会は私を袋叩きにするでしょう。でも、苦しみの後につづく知、歓び、愛、興奮、すなわち褒美はいつでも苦しみより大きいのです。ブルーリッジ山脈のなかでの、あのたった一夜の体験のおかげで、私は講演や研究をつづけることができました。でも私たちの悪口を言う人もたくさんいます。彼らは自分のマイナスの感情を私たちに投影しているのです。彼らは自分で、自分の人生や自分のマイナスの感情の責任を取ることができないのです。

あらゆることには価値があるという、この知と理解を得るためにこそ、私たちは、おそらく人生でもっとも素晴らしい体験をあたえられるのです。それによって私たちは、死ぬことなしに、患者たちが死ぬ瞬間に経験することを経験でき、自分自身の守護霊の存在を身をもって確かめることができたのです。

*

一九七〇年代の中ごろ、私はあるグループに招かれました。私はそのグループにこう予告しました。――その日、エリザベス・K・ロスは自分自身の守護霊と会うだろう。だが、テープレコーダーでそれを録音し、参加者七十五人が自分の目でそれを見ないかぎり、私は信じない、と。

その夜、暗くした部屋で、テープレコーダーが回り、生まれも育ちも職業もちがう七十五人が見守るなかで、私は、ほとんどの人が死ぬときにしか経験しないことを経験したのでした。

はじまってほんの数分後に、私の前に背丈二メートル四〇センチの大男があらわれ、私と話をはじめました。その数分後、セーラムという友人があらわれ、私のサンダルにさわったばかりか、髪をなで、手を握りました。私は無条件の愛を感じ、ふつうは肉体を脱ぎ捨てたときにしか得られない共感と理解を得ました。

そのとき、私たちはその守護霊から、この仕事の意味を教えられました。そして、世間に出て行ってみんなにこう告げなさいと言われました。――どんな人間にも守護霊がいる。私たちは無限に愛され、理解され、祝福され、導かれているのだ、と。私たちがしなければならないことは、正直になって、自分のなかのヒットラーを直視し、それをおもてに出して、裁くのではなく無条件の愛と同情を、哀れみではなく共感を学ぶこと、そして、肉体をもったこの人生は自分の存在全体のほんの一部にすぎないということを知ることだ。人生は学校であり、誰が年長で誰が年少かは自分たちで決めるのだし、自分の先生は自分で選ぶのであり、試験や試練をくぐり抜けなければならない。試験に受かったとき、私たちは卒業を許され、もといた家に帰り、みんながまたいっしょになるのだ。

これで私の話を終わります。

現代における癒し

（このセミナーでは、エリザベスの講演に先だって、ひとりの男性がいささか厳粛な口調で彼女を紹介した。「このセミナーを企画し、現代におけるもっとも素晴らしい、そしてもっとも傑出した女性のひとりをここに招いてくれた関係者各位に深く御礼申し上げます。その女性はこれまで多くの愛を受け、また多くの愛をあたえてきました。エリザベス・キューブラー・ロス、あなたは生を祝福する方であり、あなたをお迎えできて本当に光栄です。ありがとうございます」）

（拍手を受けてエリザベスはためらいがちに話しはじめる）ありがとう。本当にありがとう。とても感動的です。こんなに大勢の方が、未知の新しいことに対して心を開いているのを見るのは本当に感動的です。でも、このなかのどれくらいの方が、朝八時から延々と語られてきたことを理解できたのかは疑問ですね。少なくとも私には、全部は理解できませんでした（会場から驚いたような笑い）。

でも、それで当然じゃないでしょうか。私はなにも否定的なニュアンスを込めて言っているわけではありません。私たちは胸がわくわくするような刺激に満ちた時代を生きています。新しいことが次から次へと起こっています。だから、オルガが何をしているか、セルマが何をしているか、エルマーが何をしているか、そしてこの私が何をしているのか、それを完璧に理解している人なんて一人もいないだろうと思います。

私どものグループが何をしているのかを理解できない人たちは、私たちのことを、頭がおかしいとか、精神異常だとか、現実を見失っているとか言います。あるいはおかしなレッテルをはります。でも、人から何かレッテルをはられたら、祝福を受けたと思えばいいのです。喜ばなくちゃいけません（驚いたような沈黙、次いでなごやかな笑い、そして拍手）。もし現実検証というものをひじょうに狭い意味で定義するなら、つまり、すべての人の身に起こり、すべての人に理解できるようなものを理解するということだけを意味するのなら、私は生まれたときから今にいたるまでずっと精神異常です（笑い）。

私のオフィスの壁には一枚の美しいポスターがはってあります。それにはこう書かれています。「批判されたくなかったら、何も言うな、何もするな。何者にもなるな」。なるほどどこれもひとつの選択肢ですね。でも、ここにいらっしゃるみなさんは、そういう選択肢を選ぶような人たちとはちがうはずです。ただし、だからといって、そういう人たちよりもみなさんのほうが上だということにはなりません。それはきっとおわかりいただけるでしょう。高校に行っている子は幼稚園に通っている弟や妹をぶったりしません。

物理的・肉体的な形での人生はまさしく学校にほかならないということが、私たちにもようやくわかってきました。私たちはその学校でまなび、成長し、たくさんの試験に合格しなければなりません。上級生になれば試験もむずかしくなります。そしてまたこういうこともわかってきました。それは、この学校には先生はいない、いるのはいろんな学年の生徒だけだということです。

どうしてこんな話を持ち出したかというと、私は「ふつうの脳では、意識に限界がある」といった内容のことを耳にするたびに、思わず「神様に感謝」と書き留めてしまいます（会場から驚きの沈黙）。そういうことを聞くと、神に対する畏敬の念がますます深まるのです。私たちの能力を制限するような脳を創造したなんて、神様はなんとよく人間のことを知っていたのでしょう。だって、もし脳に限界がなかったら、そんな脳は私たちの手に負えなかったでしょうし、耐えられなかったでしょう。突然、四六時中オルガスムが味わえるようになったらどうします？　だれが皿洗いなんかしますか（会場から大きな笑いと拍手喝采）。私は大まじめで言ってるんですよ（さらに大きな笑い）。

人間であるということは、私にとっては神様からの賜物です。今この瞬間にも次々と生まれてくる小さな子どもたちも同じです。そういえば、ここに来る前に生後三週間の赤ちゃんの訪問を受けましたが、赤ん坊を見るたびに「何という奇跡だ」と思わずにはいられません。というのも、いまこうして、ここワシントンに優秀な頭脳が結集しているわけですが、たとえみなさんが億万長者だったとしても、あの赤ん坊と同じものを作り出すことはできません。人間は誰ひとりとして人間をつくることはできないのです。誰ひとりとして。

私は、より高次の意識に関する理論などは持ち合わせておりません。ただその場その場に応じて人びとを癒しているのです。しかしながら、もし、この世ではないもうひとつの世界に行ったことがなかったら、今やっているようなことはできなかったにちがいありません。私はじつにさまざまな人びとに接してきました。死の床にある子ども。子どもを殺された親。ある母親は牛乳を取りに出て家にもどってみると小さな息子が三人とも首を撃たれて死んでいました。またある夫婦は半年のあいだに子どもを全員ガンで亡くしました。ある若い医師は父親がハンティントン病にかかって四十歳の若さで急速に老衰していくのを見守り、その後何年間も「家族の半分に遺伝するというが、自分はその半分のほうなのだろうか」と悩みつづけました。やがて実際に彼にも症状が出はじめ、彼はまだ就学前の子どもたちを見ながら、あと数年すれば自分もまた父親と同じような状態になるのだとさとらざるを得ませんでした。彼に思いつく唯一の解決策は、自殺することでした。

私は毎日十八時間、週に七日、苦悩と痛みと恐怖を見つづけています。もし私が人生の別の側面を見ることができなかったら、こんな生活はできないでしょう。もし人生の意味が、また痛みのもつ意味が、さらには悲劇の意味が理解できれば、生きていることをありがたいと思うでしょう。うれしいときや高揚しているときだけでなく、苦しいときにも、きっと人生をありがたいと思うはずです。

全身が麻痺した女性

しばらく前のこと、ひとりの若い看護婦から電話をもらいました。彼女は入院中の母親に、もし植物状態に近くなったら、家に連れて帰って安らかに死を迎えさせてあげると約束していました。母親も彼女も、器械につながれてやっと生きている状態は生きているとは言えないと考えていたのです。二人は、この世にある限りは生きることを愛して生きよう、と誓い合っていました。彼女に、なぜ電話をしてきたのかとたずねると「母と話をしていただきたいのです。母はもう明日には口をきけなくなります」という答えでした。

彼女の母親は進行の速い神経の病気にかかっていて、足の指からはじまった麻痺が、日を追って広がっていました。明日にはもう話をすることもできなくなり、そして呼吸も……ということが二人にはわかっていました。人工呼吸器につながれるか、そうでなければ死ぬか、どちらかを選ばなくてはならないときがとうとう来たのです。話ができる、最後の日が来たのです。

私は「どうぞご遠慮なく」という気持ちで、「いいですよ。お母さんの耳もとに受話器をあててちょうだい。電話で話しましょう」と言いました。娘が受話器をあてると、母親は何か話しはじめました。ところが私には、彼女が何を言っているのか、さっぱりわかりません。面と向かえばわかることでも、電話ではわかりにくいものです。こういう場合、正直であることがとても大切です。子どもや患者さんが言っていることがわからないときには、わかったふりをしてはいけません。

それで私は娘さんにこう伝えました。「お母さんが何を言っているのか、私には聞き取れないの。でもお母さんは何かやり残したとても大切なことがあって、それを知ってもらいたがっているわ。ただ困ったことに、私はヨーロッパに出発するところなの」。でもそれにつづけて、「あなたのお住まいは遠いの?」と聞かないではいられませんでした。「先生のお宅から四時間ぐらいのところです」「困ったわね。三時間なら、なんとか行ってもどって飛行機に乗れるんだけれど、四時間では……」。そう言ってから、私は根っから衝動的なものですから、つい、「でも奇跡ということがあるわ。もし私があなたのお母さんに会う必要があるのなら、かならず会えるはず。ひとつの方法は、あなたがお母さんを車に乗せること（彼女は首から下、全身麻痺でした）」と口に出してしまいました。「そして私の家に向かって車を出すのよ。私の方もそちらに向かえば、どこかで『路上面会』ができるんじゃないかしら」（笑い）。「路上面会」よりもっといい呼び方はないものかと思いますが、でも私はこういうことはしょっちゅうやっています。道さえ知っていれば、不可能ではありません。

看護婦でもある娘さんはこう言いました。「私も奇跡を信じます。母の家はロサンゼルスの反対側にありますから、そこに母を連れて行きます。先生、その家に来ていただけますか？　そこからなら、話をしていただいたあと、スイス行きの飛行機に間に合うと思います」。

私がしなければならなかったのは、ロサンゼルスまで警官を怖がらずに全速力で車を運転してくれる友人を探すことでした（笑い）。私たちは車に飛び乗り、全速力でとばしました。

患者の家に着きました。みなさんもご存じだと思いますが、私たちはあれこれ勝手に空想をふくらますものです。その母親は五十五歳だと聞いていました。当時の私と同い年です。それで私は、首から下が全身麻痺した、惨めにうちひしがれた不幸な五十五歳の女性がベッドに横たわっているものとばかり思っていました。ところが私の目の前にいたのは、輝くばかりの笑みを顔いっぱいに浮かべた女性だったのです。

私は彼女に話しかけ、彼女の伝えたがっていることを聞こうとしました。つまりこういうことでした。彼女は家で死を迎えられるようにしてくれたお礼を、私に言いたかったのです。彼女はすでに病院から娘の家にもどっていたのです。もし私の講演を聞いていなかったら、今ごろは病院で人工呼吸器につながれていたことでしょう。そうしたら、恐ろしい悪夢というほどではなかったかもしれませんが、ひどく不快だったでしょう。それに、もしそうなっていたら彼女は、人生最高の贈り物をもらいそびれていたことでしょう。人生最高の贈り物、それは生後三か月の孫といっしょにいられることでした。「病院にいたら、孫を見ることもできなかったでしょう。だって病院にはいまでも『子どものお見舞い禁止』と書かれていますから」。

彼女はただお礼を言いたかったのです。私は言いました。「どんなふうだったか話してください。そうしたら私がほかの人たちにも教えてあげられますから。明日になったら自分の腕も手も動かなくなると知ったその夜、いったいどんな気持ちでしたか。どんなふうでしたか。数か月前には庭を歩き回るとか、そのほかどんなことでもできたというのに」。今では彼女は、首から下は死んでいるも同然なのです。

彼女は悲劇の主人公のような哀れな顔をしたでしょうか。無理もないとは言え、自己憐憫に飲み込まれたでしょうか。いいえ、さっきよりいっそうにこにことして、こう言ったのです（彼女の言葉を理解するには、会話ボードの助けが必要でした！）。「どうだったか、お話しします。ある朝、目が覚めたら腕が動きませんでした。あごのところまで全部麻痺していました。娘が気がついて、部屋に入ってくると三か月の赤ちゃんを私の麻痺した腕のなかにそおっと入れてくれたのです。私はただ赤ちゃんをじっと見ていました。すると突然、この小さな赤ちゃんが、自分の指と手と腕をふり上げました。まるで、その瞬間に手を発見したとでもいうようにね。私は自分に言いました。『何という、信じられないほどの天のお恵みでしょう。私は五十五年間も、この天のお恵みをいただいてきたのだわ。いま、このお恵みを孫にゆずりましょうよ』」。

話し終わると、彼女はよだれをたらしました。私は意地悪ばあさんなものですから、こう言いました。「あらあら、よだれがいっぱい」。そして「数か月前だったら、そこらじゅうによだれをたらすのを人に見られるなんて、どんなに嫌だったでしょうに」。すると彼女は笑ってこう言いました。「そのとおりよ。数か月前には、こんな姿を誰にも見られたくなかったわ。でもね、わかるでしょ？　今では孫とふたりしてよだれをたらして、いっしょに笑っているのよ」（会場から笑い）。

みなさんにお伝えしたいことを一言で言うと、こういうことなのです。きっとみなさんは、ご自分が受けた贈り物をそんなにありがたいとは思っていないでしょう。お風呂にはいれる、歩ける、踊れる、歌える、笑える、こういうことをありがたいと思う人はごくわずかです。ふつう、失ってはじめて、かつて持っていたものがどんなにありがたかったかがわかるものです。

あなたが目覚める時、どんな悲劇が起こるか想像できますか。あなたは自分の持っているものが失われることになって、やっとそのありがたさがわかるのです。ずっと持っていられるとばかり思っていたものが、あとほんの一瞬で消えてなくなるのだという時にはじめてそのものの価値を理解するのです。何ということでしょう。とても単純なことです。人は誰でも人の心を癒すことができます。誰だって、高次の意識のどんな段階にでもたどり着けます。難しいことをする必要はありません。ただ自分の持っているものに感謝すること、そして心からの感謝の気持ちをさまたげるものを取り除くこと、これだけです。どうすればこれができるか、具体的にこまかくお話ししましょう。

　グルとかバーバーなどを探してはいけません。人生の教師というのは、いちばん教師らしく見えない人たちです。私はシカゴ大学で死とその準備について研究をはじめましたが、何年ものあいだ「好ましからざる人物《ペルソナ・ノン・グラタ》」というレッテルをはられていました。臨死患者を研究する医者だからという理由で、私は唾をはきかけられ公衆の面前で侮辱されました。大変むずかしく、つらく、寂しく、そして厳しい経験でした。(かすかだが痛みの感じられる声で)私は「は……はげ……はげたか」と呼ばれていました。遠い昔のことのように思えます。

　あなたが孤独で、たったひとりで薄氷の上を歩いているときには、よくよく気をつけて、あとどのくらい行ったら氷が割れるのか、正確に予測していなくてはなりません。これは文字どおり、生か死かの問題です。急ぎすぎたら、これまでの努力はすべて水の泡となります。このことは高次の意識について、人びとと体験を分かち合おうとするときも同じです。確信がもてないときには、ゆっくり時間をかけることです。それでもまだ確信がもてなければ、黙っていなさい。なぜなら、あなたの話の相手に、まだ話を聞く準備ができていないということですから。そして、それでかまわないのです！

私には誰ひとり味方がなく、とても大変でした。困難な、危うい状況におりましたが、そのとき私を支えてくれたのは患者さんたちだけでした。患者たちはこういうメッセージを送ってくれました。「あなたは正しい場所にいる、だから続けなさい」。どの患者も、次へ、それからまた次へと、私の仕事をつなげていってくれました。あの本当につらかった時期に、私はよい精神科医に成長していきました。なぜなら、私は誰を信頼してよいのか、誰とは時間をかけなくてはならないか、極度に注意深くならざるをえなかったからです。

孤独だったあの時期、私には精神的な支えがどうしても必要でした。病院の礼拝堂所属の牧師とはまだいっしょに仕事をしていませんでしたから、あるひとりの女性がいなかったら私は独りぼっちだったことでしょう。その大切な女性、それは病院の清掃係だった黒人女性でした。

病院の清掃係

私は脳卒中で倒れてから、この女性だけでなく、私にとって大切だった多くの人たちの名前も思い出すことができないのですが、病院の清掃係だったこの黒人女性は私の最高の先生でした。私が学びえたのはすべてこの女性のおかげだった、と生涯言いつづけなくてはなりません。彼女こそ、功績を認められてしかるべき女性です。でも彼女自身は、自分がどれほどのことを私にしてくれたか意識していません。

この人は大学付属病院で清掃作業員として働いていたのですが、私にはまったく理解できないある才能をもっていました。彼女は無学で、ハイスクールに行ったこともなかったので、当然、専門的な知識は身につけていませんでした。しかし彼女には何か特別の力がありました。どんな力なのか私にはわかりませんでしたが、彼女が臨死患者の部屋に入っていくたびに、その部屋で何かが変わるのです。私が担当している臨死患者にいったい何をしているのか、私は知りたくてたまらず、彼女の秘密を探るためなら百万ドル払っても惜しくはないと思ったほどです。

ある日私は、病院の廊下で彼女の姿を見かけました。私は自分に向かってこう言いました。「おまえはいつも学生たちに『質問があったら勇気を出して聞きなさい』と言っているじゃないか」。私は勇気を奮い起こし、急いで彼女に近づいて、そのものずばりをたずねました。「あなた、私の末期患者と何をしてるの?」（笑い）。

もちろん彼女はわけがわからず、少々かたくなになりました。「何にもしてません。ただ病室の掃除をしてるだけです」（会場から笑い）。私はスイス出身ですので、黒人の清掃係が白人の医学部教授と話をするむずかしさを理解していませんでした。私は「そういうことじゃないのよ」と言いましたが、信じてもらえず、彼女はそそくさと立ち去ってしまいました。

私たちは何週間もチラチラとおたがいを盗み見ていました（笑い）。相手を盗み見ると

いうのは、どういうことかおわかりでしょうか。これは言語によらない象徴言語のいちば

ん単純な例です。相手をよく知りたいとき、着ているものや表向きの態度の奥に本当はど

んな人間がいるのかを確かめたいとき、私たちはこうするのです。

そうやって何週間か盗み見合った後、勇気を出した彼女は私の腕をつかむと、看護婦詰所の奥の部屋に連れて行きました。そこで彼女は心も魂も開いて、じつにドラマチックな話を語ってくれました。ただ、その話は私の質問とは関係がなくて、どこがどうつながるのか、理解することができませんでしたが。

彼女は自分の生い立ちを話してくれました。貧しくて、それはそれは劣悪な環境の六十三番街で育ったのでした。食べる物もなく、重病の子どもがいるのに薬もありません。あるとき彼女は膝の上に三歳の息子をのせて、郡の病院の待合室にすわっていました。何時間も絶望的な気持ちで医者がくるのを待ちましたが、腕に抱いた小さな子どもが肺炎で死んでいくのを黙って見ているしかありませんでした。

この人の特徴、それは、こういった苦痛や苦悩を、憎しみ、恨み、怒りといったマイナ

スの感情をもたずに受け入れられることでした。当時の私は無知でしたから「どうしてそういう話をしてくれるの？　私の末期患者と何か関係があるの？」と聞くことしかできませんでした。それに対して彼女は、まるで私の心を読むことができるかのように答えました。「ねえ先生。死って、私にはもう赤の他人じゃないんですよ。死ぬってことは、古い友だちに会うようなもんで、私はちっとも怖くないんです。死にかかっている患者さんの部屋に入ると、患者さんがおびえてることがよくあるんです。私はついそばに行って、さすってあげて『こわくないよ』って言ってあげずにはいられないんですよ」。

＊

この人がいなかったら——はっきりと心の底から申し上げますが——この人がいなかったら、私は仕事を続けてこられなかったと思います。私がグルやバーバーを探さなくていいと言った意味がおわかりでしょうか。そうです、あなたの教師は変装してあらわれます。子どもの姿で、よぼよぼのおばあちゃんの姿で、または黒人の清掃係の姿で、あなたの前にやってくるのです。

あの清掃係は自分が何者であるのかを知りません。また自分がどんな役割を果たしたのか、自分が何かをした結果、いったいどれだけの人の命に触れたのかもわかっていません。つまり、人生であなたが何をするかはどうでもいいのです。大切なことはただひとつ、あなたがすることを、愛の心をもってするということです。大学の同僚たちは仰天しました（笑いと拍手喝采）。なぜならこの人は……。（ここで話を中断し、聴衆に向かって穏やかな調子で聞いた）正直に答えてください。さっき拍手をした人のなかで、何人が敵意なしに拍手をしたのでしょうか？（会場は驚いたようにシーンとなる）。

では何人が敵意を抱いて拍手したのでしょうか？（静まりかえった雰囲気が続く）。

医者や権威に対する敵意でしょうか？（拍手と笑いがばらばらと起こり、やがて「ブラボー」という声）。そうね。でも、みなさんが敵意を抱いている限り、事態が良くならないのはみなさん自身の責任です（しぶしぶながらという雰囲気だが、拍手が広がる）。（あいかわらず穏やかな声で）大切なことなので、どうか学んでください。私たちは悪態をつき、疑問を抱き、非難し、見下します。そのようにして非難したり見下したりするたびに、世界に対してマイナスの感情をつけ加えているのです。

なぜ高校生が小さな子をいじめるのか、考えてみてください。傲慢な気持ちがなかったら、自分よりずっと小さな子を叩いたりするでしょうか。何を言いたいか、わかってもらえたでしょうか？（しぶしぶながらといった拍手）。

（とても穏やかな調子で）もしみなさんが世の中を癒したいのなら、まずこのことを理解してください。自分自身を癒さないかぎり、世の中を癒すことはできません。誰かをぶったり、非難したり、見下したりしているかぎり、ヒロシマ、ナガサキ、ベトナム、マイダネク、そしてアウシュビッツで起こったことの責任はあなたにあるのです。このことははっきり申し上げます（会場、シーンとなる）。

話はちょっと本筋からはずれますが、私の「死とその過程」のセミナーには、無作為に抽出した何人かの臨死患者に参加してもらっていました。私は未熟でしたから、患者が教師になってくれるよう期待していたのです。患者がいなかったら、私は十分もしないうちに行き詰まってしまったでしょう。何を話したらいいのか、わかっていませんでした。一万年も前のことです（笑い）。本当はたった十三年前のことです。

ある日のこと、セミナーのはじまる十分前に、参加するはずだった患者が死んでしまいました。二時間のセミナーが控えているというのに、私には話すことが何もありません。私は本当に本当に未熟でしたから。教室に行く途中で、会う人ごとに「困ったわ。二時間も何をしたらいいの。セミナーをキャンセルできないかしら」とたずねまわりました。でも遠い所からわざわざ来ている参加者のことを考えたら、キャンセルなんてできない相談でした。

とうとう私はステージに上がりました。患者の臨席なしで八十名の学生の前に立つという、恐ろしい瞬間がやってきました。あの瞬間は、私の人生の危機のひとつでした。ところが、それが私の「死とその過程」の授業のうちで、じつは最も充実したものになったのです。

セミナーに参加していたのは、医学生、神学生、インターン、看護婦、牧師、ユダヤ教祭司といった種々多彩な人たちでしたが、私はその人たちを前にこう提案してみました。「ご覧のとおり、今日は患者さんがひとりもおりません。そこで患者さんと話すかわりに、この医学部の抱える最大の問題は何かを考え、その問題に取り組んでみてはどうでしょうか」。このグループでいったい何ができるのだろうとも思いましたが、二時間を生かせるかどうか、これはひとつの賭けでした。意外なことに参加者がとりあげたいと望んだのは、ある医科の医長の問題でした。その医科では、患者がことごとく死亡してしまうのです。どの科かは言わないことにします。そうでないと、この医長が誰なのかわかってしまいますので。

いやなやつ

その医長は、私たちと同じように、治療し、手術し、延命をはかるという医学教育は受けましたが、それ以上のことは習っていませんでした。それが問題で、だから彼の患者はみんな死んでいったのです。

ある患者は、ガンがすでにあちこちに転移していて、腫瘍が日に日に大きくなるのが目に見えるほどでした。ところがこの医者は自己防衛が強いあまり、明らかな行き過ぎを犯し、患者にこう言っていました。——ガンは治っています。病状が良くならないのは、あなたが病気だと思い込んでいるからです、と。

彼があまりに強くそう主張するので、ついに多くの患者たちが精神科にかかりたいと言いだしました。なぜって、病気が自分の妄想だというなら、精神科の助けがいるではありませんか。

私は心身医学の責任者でしたので、こういう患者たちが全身がガンに侵されているという妄想から逃れられるように手をかすことになっていました。ところがレントゲン写真を見れば、患者たちの言っていることが正しいことはすぐわかります。彼らは事実、ガンに侵されていました。この医長のおかげで、私がどんなにひどい葛藤におちいったか、わかっていただけることと思います。患者に向かって「精神科に来なくてはいけないのは、あなたでなくて、あなたの担当医のほうです」とは言えませんでした。もちろんそんなことは言うべきではありません。ほかの誰かを打ちのめすことで誰かを救うことはできないのです（会場はシーンとなる）。

それに病院には、あるところまで連帯責任がありますから、この医師に対して「自分の問題は自分で解決してください」とも言えませんでした。

さて、参加者が問題にしたいと取り上げたのは、その医師のことでした。ところが私はこの問題をどうすればいいのか、見当もつきません。八十人が注目するなか、壇上に立って、私は途方にくれてしまいました。「いったいどうしたらいいのだろう」。

私は参加者に、まごまごしながら言いました。誰かに対してマイナスの感情しかもてないとしたら、その人を救うことはできません。誰かを助けたいのなら、その人に対していくらかの同情なり理解なり愛が、少なくとも理解とか好意がなくてはならないのです。その男を絞め殺したいほど嫌っているのでは――私自身からして何千回も絞め殺したいと思ったのですが――その人を助けることはできません。だから私は、精神科医としてこの男を受け入れることはできませんと話しました。

それから参加者に「みなさんのなかで誰か、彼に好意をもてる人はいませんか。好意を感じられる人は手をあげてください」と聞いてみました。参加者は牧師、ユダヤ教祭司、医師、看護婦など、人を助ける専門家たちでしたが、誰ひとり手をあげる人はいませんでした。

私は困りはてて、一人ひとりの顔を見て聞きました。「ほんの少しでも彼をいいと思う人はいないのかしら?」。そのとき、ひとりの若い女性が手をあげました。自分では気づきませんでしたが、たぶん私はその若い看護婦を怖い目つきでにらんだのでしょう……(笑い)……私はこう言ったのです。「あなた、病気じゃない?」(大笑い)。おわかりのように、当時の私には、彼のような人間に好意をもてるなんて、正気の沙汰とは思えませんでしたから。

それから喧々囂々《けんけんごうごう》の議論がはじまりました。自分たちは末期患者に対してだけ、愛とか優しさとか同情を抱くのだろうか。それでは人を差別していることになるのではないか。私たちの愛をほんの少しだけ同僚に向けることはできないだろうか。たとえその人がぞっとするような医者だったとしても、もし愛と理解と寛大な心で接することができたら、彼のどこかが変わるのではないでしょうか（拍手なし）。

「この教室にはたくさんの人がいるけれど、なぜあなただけがその医師に好意をもてるのかしら」と、私はその看護婦に聞いてみました。なぜなら私には、その医師には人に好かれる要素が何ひとつないように思えたのです。つまり私は、高みに立って彼を裁くように見ていたのです。

その若い看護婦は真剣でした。彼女は立ち上がりました。……とても慎ましく、控えめな態度でした。横柄なところやこれみよがしのところは、みじんもありません。……それから一同の顔を見回して、穏やかに話しはじめました。「みなさんはあの人を知りません。どんな人だか知らないのです」。私はそれを聞いて、（わざと横柄な口調で）「冗談じゃないわ。私はあのバカといっしょに働いているのよ」と言いたい気持ちにかられました。でも口には出さず、その女性の言うことに本気で耳をかたむけました。彼女は何かきっと私の知らないことを知っているにちがいない……。そのとおりでした。

彼女は語ってくれました。「みなさんはわかっていません。私は病院で夜勤をしていますが、夜になると、あの医長が見回りにくるんです。毎晩かならず、誰もいなくなってからです。いつも横柄な態度でやってきます。いかにも『おえらがた』という感じで歩いてきます。ところが病室に入って出てくるときにはがっくりした顔をしています。次の病室から出てくるときには、もっとがっくりした顔になっています。次々に病室を回って最後の部屋から出てくるときには、憔悴しきった顔になっています」。

彼女は彼の苦悩を知っていたのです。見回りを終えて看護婦詰所にたどり着くときには、どんなに打ちひしがれた様子をしているかを、そばで見ていたのです。「それが毎晩つづくのです。私は時どきたまらなくなって、彼のそばに行って、彼に触れて『つらいですね』と言ってあげたい衝動にかられます。でももちろん、医長に向かってそんな口はきけません」。

そこで私たちは反論しました。「なぜいけないの。ほんの一瞬、頭で考えるのをやめて、あなたの直観がこうすべきだと言っていることに従ってみたらどうかしら。ここで（と、頭を指す）あれこれ考えたり批判したりするのをやめて、その代わりに、心に浮かんだことをそのままやってみたら、あなたはその医師を助けてあげられるのではないかしら。そして、もし一人を救えたら、何千人だって助けてあげられるのではないかしら」。

彼女が話を終えたときには、そのいやなやつに対して、そこにいた全員が愛や同情の気持ちを抱くようになっていました！　私は自分で自分が恥ずかしくなりました。

それから、それぞれ専門もレベルもちがう八十人が白熱した大討論を交わしましたが、結局、問題の医師を救えるのはその看護婦たった一人だけだという結論に達しました。ただしそれは、彼女一人に責任を押しつけたいからではありませんでした。でも、その看護婦は彼女なりの反論をしました。三十年前にはみんながそう考えたのと同じ考えです。いや今だってこんなふうに考える人は少なくありません。「私はただの看護婦で、相手は医長ですよ」。それで私たちはこう説得しました。「この際、病院内の地位は関係ありません。あなたは、一瞬とはいえ、その人に本当の愛を感じたのですから、あなたこそ彼を助けられる人なんです」。でも彼女は「とても無理です」と言いつづけました。

それはたぶん私にとって最良の授業でした。私自身、じつに多くのことを教わりました。最後に私たちはその看護婦に言いました。「もしまた同じ気持ちを感じたら、そのときはきっと彼のそばに行ってあげられるんじゃないかしら。おえらいさんを両腕に抱きしめる、なんて大げさなことではなく、ただそばに行って、ちょっと触れてみてはどうでしょう。そうして心に浮かんだことを言ってみて」。でも、彼女は何ひとつ約束しませんでしたし、肯定的なことは何ひとつ言わず、ただ「試してはみますけど」と言っただけでした。授業はそれで終わりました。

＊

その三日後、誰かが私のオフィスに駆け込んできました。幸い、そのときは患者がいませんでした。飛び込んできた女性は、笑ったり叫んだりして「やった、やった、ついにやったわ」と大声をあげました。

私は、さわいでいるのが誰だかも、何を「やった」のかもわからず、何か発作が起きているのかと思いました（笑い）。でも、かろうじて、それが例の看護婦であることを思い出しました。彼女は勢い込んで語りはじめました。

あのセミナーの晩も、例の医師は見回りにやってきたそうです。その晩も次の晩も、彼女は声をかけようと思いましたが、勇気が出なかったと言います。でも三晩目のこと、その医長が見回りの最後に、死に瀕している若いガン患者の部屋から出てくるのを見たとき、彼女は自分が「試してみる」と言ったことを思い出したのです。そして一度は「でもやっぱり、へんに思われるわ」と考えて、余計なことはやめておこうと思いましたが、「あれこれ考えないと約束したんだわ」と思い直したのです。

そんなわけで彼女はあれこれ考えるのはやめて、自分の中の霊的・直観的な部分に身をゆだねてみました。「それで私は彼に近づいて手を伸ばそうとしました。でも固くなっていて……実際には彼に触れもしなかったと思います。ただこう言いました。『つらいですね』」。

　すると、例の医師は彼女の腕をつかまえ、すすり泣きだしました。涙を流しながら、彼女を自分のオフィスに引っ張って行き、頭を抱えて、自分の苦しさや悲しさを訴えました。その晩彼は、たぶんこれまで誰にも語ったことがないほど多くのことを、彼女に語ったでしょう。友人たちがとっくに社会に出てかせいでいるというのに、自分は何年も学生を続けなければならなかったこと、専門を決めたいきさつ、自分が犠牲にしてきた多くのもの、デートする時間もなかったこと、誰かを助けたいと本当に思ったから専門分野を決めたこと、などです。話し終えると、彼はこう言いました。「そしてやっと私はこの科の責任者になった。ところが私の担当した患者はひとり残らず死んでしまう。全部私のせいなんだ」。結局、自分には何の力もない。自分の幸福とか人とのかかわりを医学のために犠牲にしてきたのに、果たして意味があったのだろうか。

　彼女は黙って彼の話を聞くことしかできなかったそうです。

　そういう人をやっつけるなんて、できますか？

　彼女は勇気を出して自分に正直になり、こういう立場の人だからどうこうという常識を捨てたおかげで、たった二分間ですが、ひとりの人間としてその医師に対することができました。おえらいさんではなく、自分と同じ特質をもった対等な人間として。

　一年後、この医師は精神科に相談をしてきました。誰にも気づかれないように、電話ででしたが。彼はそれまで、プライドが高すぎて自分の弱点を認めることができず、専門家の助けを求めたことはありませんでした。それからまた三年か四年たって、今度はふつうに相談にやってきました。そうしてだんだんに、患者に深い共感をもった謙虚な人間へと変わっていきました。

もし助けを求めなかったら、この人は力つきて、死んでいたと思います。こんな具合に、彼のような「いやなやつ」でさえ、適切な看護婦さえいれば、変わるのです。もちろん、看護婦でなくてもいいし、どんなに若い人でも若すぎるということはありません。

ところでみなさんは、このワークショップに参加する前に、大嫌いだと思う医者はいましたか（会場、シーンとなる）。正直に自分の心を見てみましょう。あなたが誰かに「いやなやつ」というレッテルをはるたびに、事態はいっそう悪くなります。それに、医者がいやなやつになるのは、主に看護婦に責任があるのです。どうもいやな医者のことばかりに話がいくようですが、もちろんいい医者だって当然います。でもみなさんは、理解してくださることと思います。

ここに一人の医者がいるとします。この人は怒りっぽく、えらそうにふるまうことで、自分の不安を隠そうとしています。さて彼のまわりに十人の看護婦がいて、全員が彼を嫌っていたとすると、その気持ちは彼に通じますから、彼はいっそう不安になります。そうしたら彼は前より十倍も横柄になるでしょう。あなたが頭で思ったことは、現実にそれほど強く反映されるのです。

ですから、もし今度あなたが「なんていやなやつ。あんなやつは人間じゃない」と思うことがあったら、その考えを即座に断ち切って、代わりに愛情と理解でその人を包んでみてください。

もしスタッフ全員が、一人の医者に対して一週間そうしたことを実行してみれば、面と向かって一言も言わなくても、その医師は必ず変わります。変化を実際に目にすることができるはずです。どなたかぜひ試してみてください。頭のなかで思うことがどんなに現実を変えるものかわかって、驚くことでしょう。

愛と肯定の気持ちで包まれると、どんな「いやなやつ」も変わります。そうして、いちばんの「いやなやつ」こそ、いちばんあなたの愛を必要としているのです。

いいですか、みなさん、事態を変えたいと思ったら、この方法しかないということを覚えておいてください。

さて、私は精神科医として、とても大切なことを一言で申し上げましょう。手遅れになる前に、この世界を癒さなくてはなりません。そして世界を癒すためには、まず自分自身を癒さなくてはならないのです。どうかこのことを胸に刻んでください。

*

「やり残した仕事」についてお話ししましょう。神は人間を完全なものとしてつくりました。私たちに必要なものはすべてあたえられていますし、がまんできないものは何ひとつ課せられておりません。何かが課せられているとしたら、それはあなたが背負うことができるからです。あなたにとって必要なものは（それはかならずしもあなたの欲しいものではないかもしれませんが）すべて手に入れることができます。そして、あなたが成長するにつれ、あたえられるものも課せられるものも大きくなっていきます。それは、あなたが欲しがったときではなく、あなたの準備ができたときに、あなたのもとにやってきます。

人間は四つの部分から成り立っています。肉体的部分、感情的部分、知的部分、そして霊的・直観的部分の四つです。

知性は異常に発達しています。とくにこの部屋にいるみなさんの場合はそうです（「ええっ」という声がちらほらあがる）。霊的部分は問題ありません。霊的部分だけは、自分でどうこうする必要はないのです。これはみなさんの奥深く、外界から遮断されたところにあるため、表にはあらわれてきませんから。肉体的部分はどうかというと、これはもう、みなさんヘルスクラブに通ったり、ヨガを習ったり、ビタミン剤を飲んだりと、体にいいことは何でもやっておられるようなので、私は心配しておりません。さて残るひとつは感情的部分です。私たちの社会ではこれがいちばん大きな問題だと思います。成長の第二段階が感情的部分ですが、これは一歳から六歳のあいだに、ほとんど成長を終えてしまいます。ですから一生をめちゃくちゃにしてしまうような根っこができあがってしまうのも、この六年間です。

もし肉体、感情、知性、霊、この四つが調和していれば、病気にはなりません。あなたが病気だとしたら、その原因は次の三つのうちのどれかです。トラウマによるもの、遺伝によるもの、そして四つの部分の不調和によるもの。この三つの原因をよく知れば、病気を治せるばかりでなく、病気を予防することもできます。次の世代の人たちには、傷の上からバンドエイドをはるような医療ではなく、病気をあらかじめ予防することにこそ多くのエネルギーを使ってほしいと思います。

*

病気が悪化してもう話すことができない子ども、あるいはまだ小さすぎて話ができない子どもを理解するには、絵を使います。癒すという面に関して、医学がこれからの五年間でどう変化するかを、みなさんと考えようと思いますが、じつは一箱のクレヨンが教えてくれることが大きいのです。

話すことのできない子どもがいるとします。そして、その子にはまだやり残している仕事があるとします。その子がどうしたいのかを知りたいとき、私はその子に紙とクレヨンを渡して何か描いてもらいます。もちろんその際、どんな絵を描くべきか、などは言ってはいけません。

五分か十分たてば、その子が自分の死が近いことを知っているのがわかります。病状もわかります。たとえば脳に腫瘍があるのなら、絵のどこかにそれが描かれています。その子にどのくらいの時間が残されているのか、病状は悪化しているのか、それとも快復しつつあるのかも見て取れ、そしてその子のやり残した仕事を知ることもできます。

私どもはこれまでに何千人もの子どもとこれを実行してきました。そのなかには、絵を描いた後で殺された子どもも、鮫に食われた子どもも、事故で死んだ子どももおりました。死が差し迫っている子どもたちは、無意識のうちに、自分の霊的部分で、たいていはそのことに気づいています。

なぜ子どもたちがおとなより敏感なのかといえば、それは子どもがマイナスの感情に侵されていないからです。もし私たちが子どもを無条件の愛で包み、きちんとしたしつけはするけれども、けっして罰をあたえたりしないで育てることができれば、次の世代は医者を必要としなくなるでしょう。自分で自分を癒すことができるはずですから。もともと私たちはそういうふうにつくられているのです。

肉体、感情、知性、霊という四つの部分のバランスがとれていれば、人間はつねに完全な存在です。もちろん、トラウマは体験せざるをえないでしょうし、遺伝的疾患もなくなりはしませんが。

もし自然な感情にだけしたがって子どもを育てることができ、子どもに自分の苦痛、怒り、悲しみの感情を自由に表現させてあげることができれば、子どもは喜んで学校に行くでしょう。授業は何かに向かってチャレンジするという胸のわくわくする冒険となり、学ぶことはたいへん精神的なものになるでしょう。なぜなら、すべての知恵はすでに人の内面に存在しているからです。人は神の手でつくられ、その霊的部分は、買わなくても求めなくても、すでに無償であたえられているのです。その面をさまたげているものはただひとつ。それは私たちのマイナス感情です。

さて、子どもが自分の内面にあらゆる知恵をもっているというのが真実ならば（それは神からあたえられたもの、霊的部分が教えてくれるものです）、おとなはなぜその知恵をもっていないのでしょう。この子どもの知恵を、おとなを助けるために使うことはできないのでしょうか。

私はここで、おとなを助けるために象徴言語が教えるものをどう利用できるかについて、私のお気に入りの例をご紹介します。この例はガン患者の話です。ただし死や死の準備について考えるときに、ガン患者だけを特別あつかいするのはよくないことです。神経疾患、多発性硬化症、進行性筋萎縮症、脳卒中など、深刻に助けを必要とする病気はたくさんあります。私たちはついガンが最大の悲劇であるかのように思いがちですが、助けを必要としているのはガン患者だけでなくすべての患者だということを忘れてはいけません。

バーニー・シーガル

以前、ある医師が私たちのワークショップに参加したことがありますが、そこで彼は、死の床にある子どもたちに自由に絵を描いてもらう、という私たちの方法に強い感銘を受けました。二年ほど前のことですが、当時この人は「愚か者」と言われる危険を犯したわけです。今では私どもに対する世間の評価も少しましになったので、せいぜい「変わり者」と呼ばれるくらいですむと思いますが……。さて私たちは、死が間近に迫った子どもだけが心の奥に特殊な知識をもっているわけではなく、ふつうのおとなにもその知識があるはずだと信じていましたので、彼に次のような提案をしました。——あなたの患者が末期段階の症状と診断されたら、その患者に絵を描いてもらうのです。何を描くのか指示したり説明したりはしません。できあがった絵を見れば、その患者がそのときどんな状態にあるかがわかるでしょう。それがわかったら、次にはその患者に自分のガンを心に思い浮かべてもらって、それからもう一枚絵を描いてもらいなさい。

その医師は私の患者たちの絵を家に持ち帰って、私たちのやり方を試してみようと決心しました。

今では彼は、患者に何かを命令するようなことはなく、つねに患者に無条件の愛と尊敬の気持ちをもって接しています。患者に対して、がみがみ怒ったり理想を押しつけたりすることもありません。この人が「絵を描いてくれませんか」と頼むと、患者は喜んで描いてくれます。その絵から、患者の身体の状態ばかりでなく、感情や知性、そして霊的な状態も見て取ることができるのです。

ここに、私にとっては夢のように素晴らしい絵があります。私はこれを自慢せずにはいられません。（絵を見せて）これはあるガン患者の絵です。内容がよくわからない人のために解説しましょう。まずこの患者は普通の絵を描きました。その絵からは、普通の意味での彼の性格がよくわかりました。次に彼は、自分のガンを思い浮かべてほしいと言われて人間の絵を描きました。それがこの絵ですが、からだは記号化されています。そしてそのからだの中に赤でいくつも大きな二重丸を書きました。これはからだに大きな赤い（赤は危険を示す色です）ガン細胞がたくさんあるという意味です。

次に彼は、これから受けることになっている化学療法を思い浮かべてほしいと言われました。彼のようなケースでは当然ですが、ちょうど専門医から化学療法を受けるよう勧められたところでした。すると彼は、大きな黒い矢がガン細胞に当たっている絵を描きました。

化学療法を意味する黒い矢はガン細胞に当たっています。ところが意外なことに、どの矢もそこではじき返されているのです。何かまずいことがあるにちがいありません。

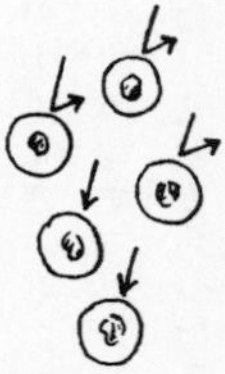

化学療法

この絵がなかったら、あるいは、この絵の意味が理解されなかったら、この患者にはすぐにも化学療法がはじめられるところでした。

患者の症状は化学療法に適しており、主治医が化学療法を勧めたことには何の不思議もありませんでした。しかし彼の内部の、彼の知性を超えた何物かが、化学療法は成功しないと告げていたのです。

いいですか。この患者のメッセージは霊的・直観的な部分から発せられています。ところが多くの人間は、そういう部分が実際に存在するということを信じていません。医者は、統計的に見てこの種のガンには化学療法がよく効くのだから、患者の言うことは的外れだと思うでしょう。人間の異常に発達した知的な部分が、患者の言っていることを真剣にとりあげるのを拒否して、「化学療法を受けるべきだ」と主張することでしょう。

でもこの患者の霊的・直観的部分のメッセージは、この場合、化学療法はうまくいかないと言っています。

さて、あなたがこの患者の主治医だったら、どうしたらいいのでしょう? 私はみなさんに、無条件の愛を思い起こしてほしいと思います。無条件の愛とは、べたべたした感傷的なものではなく「自分自身と同様に相手をも尊敬する」という愛です。無条件の愛を実践するなら、まず患者の言うことを大切に聞くことです。なぜなら、患者は往々にして、医者の知識を超えた知識をもっているものですから。患者の知識は知性とはちがう部分から来るのですが、こちらの方が知的な側面から来るものよりつねに正確です。

このことがわかっていれば、患者に質問してみるはずです。

私がこの患者に「化学療法について、担当の先生は何か説明をしてくれましたか?」と聞くと、「化学療法は私のガン細胞を殺すそうです」という答えでした。そこで私が「では受けてみたら」という意味で、「そうなの」と言うと、患者はがっかりした顔をしました。

私は何かを見落としているという気がしたので、もういちど同じ質問をしました。患者の答えも同じでしたが、今度は私は「そうなの。でも……？」と、先を語ってくれるよう促しました。

するると患者は、検査でもするように私をじっくり見つめてから言いました。

「汝、殺すなかれ」

「えっ？」

もういちど、

「汝、殺すなかれ」

少しわかってきたので、私はこう聞いてみました。「ガン細胞も殺してはいけないの」。

「そうです、ロス先生。私はクェーカー教徒として育てられました。私は心の底から『汝、殺すなかれ』という永遠の掟を信じています。真剣に考えてみましたが、やはり私はガン細胞も殺してはいけないと思います」。

無条件の愛を実践するなら、あなたはまず相手を尊敬しなくてはなりません。説得したり、改心させたり、あるいはその信じるものを変えさせようなどとしてはいけません。ですから私は何ひとつ躊躇することなく「みんなが、その永遠の掟を信じてほしいものだわ。そうしたら、世界は今よりずっと平和で美しいものになるはずですもの」と言いました。私がこう反応したことで、患者は私の好意を感じてくれたと思います。彼が、見下されたり笑われたり非難されたりすることはないと安心したようだったので、私は続けました。

「ひとつお願いがあるんだけれど」。当たり前のことですが、私も患者に良くなってほしいのです。じかに口に出してそうは言いませんでしたが、言いたかったのはそのことです。「ひとつ約束してちょうだい。家に帰ったら、どうしたらガンを取り除けるか、考えてみてほしいの」。同じことでも、言い方がちがうのがおわかりでしょうか？　患者は「そうしましょう」と答えました。

それから一週間後に、もういちど彼と話をしました。

私はこうたずねました。「ガンをどうやって取り除けばいいか、わかった？　つまりガンの治療をするのに、あなたと私がどう協力すればいいか、ということだけど」。彼が顔を輝かせて「わかりました」と言ったので、私は「じゃあ、絵を描いてみて！」と頼みました。

今度彼が描いてくれた絵では、人のからだに、赤いガン細胞の代わりにたくさんのこびとがおりました。そのこびとの絵をまねして、ひとつだけここに描いてみましょう。こういう小さな姿でした（黒板にこびとの絵を描く。聴衆から驚きの声）。こびとたちはせっせとガン細胞を取り去る仕事をしていました（拍手と笑い声）。

私はとても感動し、このことを彼の主治医に伝えました。そのようにして主治医はその日のうちに化学療法を開始したのです。その患者は今でも生きています。

これがどんなに素晴らしいことか、おわかりでしょうか。これは私にとって新しい発見のはじまりでした。大切なのは謙虚であることです。人は必要な知識をすでに自分の内にもっているのだ、ということを知ることです。そして私たちが謙虚に心を開き、自分と同じように隣人を愛し、尊敬することができるなら、私たちはおたがいに助け合うことができるのです。

それをするのには、時間もかからなければお金もいりません。掛け値なしに、ほんの五分間あればいいのです。

これこそ私たちがホリスティック医学と考えているものです。医者は悪性の病気について医学知識をもっているでしょう。けれども患者は自分の直観的知識をもっています。そこでもし医者と患者がおたがいに尊敬し合い助け合って、いっしょに仕事をする気になれば、そのときこそ本当に助け合って一体となることができるのです。

これが、私たちの時代において心を癒すとはどういうことかを示していると思います。

ある意味では、これは意識せずにはできないことです。言葉にするのがむずかしいのですが、まず心を開かなくてはなりません。自分のなかにヒットラーが住んでいるうちは、あなたは心を開くことができませんし、本当の意味での知識、理解、無条件の愛に到達することもかないません。ですから私はすべての医者に向かって「自分自身の心を癒しなさい」と言いたい。ここにお集まりのみなさんは全員、お医者さんです。どうかみなさん、自分の心のなかにあるマイナスの感情を認められるよう、日々新たな謙虚な心をもってください。

まず自分のなかのマイナス感情を認めること。私はそれをマイダネクで学びました。マイダネクで、ひとりの女性が私に向かって歩いてきました。その女性はマイダネクで家族をひとり残らず亡くしたのですが、私にこう言いました。「ねえエリザベス、誰の心のなかにもヒットラーがいる。そう思わない？」。

そのとおりです。そして同時に、私たちの心のなかにはマザー・テレサも住んでいます。でもあなたが勇気をもって、あなたのなかにいるヒットラーを見つめ、ヒットラーを追い払わなければ、マザー・テレサに近づくことはできないでしょう。

さあ、これが私の結論です。ほかの人びとを癒したいのなら、まず自分自身を癒すこと。内なるヒットラーを追い払うこと。そうすれば、あなたは、神がつくった本来の完全な人間にもどることができ、宇宙意識に目覚め、肉体離脱体験を得るでしょう。そしてあなたの必要とするものは何でもすべて手に入れることができます。でもそれは、ありがたいことに、あなたが欲するものすべてということではありません。

ワークショップ

ワークショップについて、いくつか質問がありました。ワークショップは「シャンティ・ニラヤ」が主催しています。私どものワークショップは、カリフォルニアからオーストラリアまで、世界中で開かれています。七十五名の参加者が、月曜の昼から金曜の昼まで、一週間を共にすごします。参加者の三分の一は末期患者、あるいは死期の迫った子どもをもつ親たち。三分の一は医師、牧師、看護婦、ソーシャルワーカー、カウンセラーなど。そして残りの三分の一が一般の人たちです。私たちは五日間で、参加者全員がいっしょになって、それぞれのやり残した仕事を見つめ、それをどうしたらいいかという方法を探ります。おわかりと思いますが、若いうちに参加すればそれだけ、以後の人生を充実してすごすことができます。この五日間はとても張り詰めたものとなります。たいていはまず末期患者が心の痛み、苦悶、やり残した仕事、嘆きなどを語りはじめ、こらえきれぬ涙や怒りに触れることになります。そこで私たちは、彼らの心の風通しをよくし、内にこもったものを外に出せるようにと手伝います。最後の晩、すなわち木曜日の晩になると、たいへん感動的な儀式を開きます。参加者全員がパンとワインをもって戸外の焚き火の前に集まり、自分たちが捨て去りたいものについて語り合います。松ぼっくりを象徴として、松ぼっくりにマイナスの感情を託し、それを火のなかに投げ入れるのです。

勇気を出して自分のなかのマイナスの感情を見つめ、それを捨て去ることができれば、私たちはマザー・テレサに近づくことができます。マイナスの感情にひたりながら瞑想でそれを追い払えるなどと思ったら大間違いです。そんなことは不可能にきまっています。

うわっつらだけでなく、人の心の内深くに抑え込まれた苦悶の海に何があるかを覗くと、七十五名の人びとが耐えている怒りと苦しみの大きさは、あなたの想像を絶したものがあります。そのなかでも最大の嘆き、それは「経験することのできなかった愛」に対する嘆きです。その嘆きは、失ったものに対する嘆きよりもはるかに大きなものです。これこそ最大の悲しみでしょう。私たちの社会では、多くの人びとが無条件の愛を経験することなくすごしているのです。たぶん、おじいちゃんおばあちゃんから受ける愛情だけが例外かもしれません。

私はワークショップからもどったばかりですが、このたびのワークショップには自殺しそうな患者が十七名参加しておりました。その人たちはそれこそわら<ruby>をもつかむ気持ちで参加していて、これが駄目ならあとは自殺しかないという切迫した状態でした。私は金曜の午後まで待ってくださいと頼みました（笑い）。自殺も真剣に取り上げなくてはならないことですが、まず自殺を考えている人に、私たち人間は自分の命に対して全責任を負っているということを、気づいてもらわなくてはなりません。同情してくれる人を探しては寄りかかって泣いたり、自己憐憫に溺れたりしても、何の助けにもなりません。なぜなら、自分自身が、そして自身の選択の結果が、今の状態をつくり出しているのですから。

私たち人間は、この銀河系のなかで自由な選択を許されている唯一の生き物として、日々みずからを祝福すべきではないでしょうか。ところが、ほとんどの人は死んでからはじめて、この世で生きるとはいったいどういうことだったのかをさとるのです。そのときになってはじめて、命とは人生のそのときそのときにおこなう選択の総計以外の何物でもないということが、わかるのです。心のなかで考えることも、行為と同じく、自分で責任を負わなくてはならない現実です。つまり自分の一つひとつの考え、そして一つひとつの行為が自分の人生に影響し、さらに何千もの他人の人生に触れていくのです。多くの人は死んでからはじめて、それをさとることになるのです。

キリスト

朝起きたとき不機嫌だったら、気をつけなくてはいけません。あなたのせいでご主人は気分を害し、会社に着いたら秘書に八つ当たりするかもしれません。その秘書は自分の夫に当たるかもしれません。子どもたちはいやな気分で学校に出かけ、途中で犬を蹴飛ばしたり、よその子を殴ったりして、おかげで、校長室でお仕置きをされるかもしれません。朝起きたときのちょっとした不機嫌が、どんなにたくさんの人をいやな気分にさせるものか、いちど考えてみてください。

小さなことですが、自分でこんな実験をすることができます。次の朝、たとえ機嫌が悪くても、家族が出かけるまでは、歌ったり口笛を吹いたりして明るくふるまうのです。家族が出たあと、物をマットレスにたたきつけるとか、何でもいいですから、イライラを解消してください（笑い）。

そして一日の終わりに、妻や夫や子どもに、どんな一日をすごしたか聞いてみるのです。こういう日常のちょっとした事柄がどんなに大きく人生を変えていくか、きっと気がつくことでしょう。あなたの人生を変えるためには、インドに行く必要もなければ、ＬＳＤ、メスカリン、覚醒剤を飲む必要もありません。自分の一つひとつの選択に自分が責任をもつこと、必要なのはたったそれだけです。

そしてキリストに従って、聖書が「サタンとの戦い」と呼んでいることを実行することです。「サタンとの戦い」とは、四十日間の断食の後に、自分の心のなかのヒットラーと戦うことにほかなりません。キリストは、自分にはエルサレムの支配者になって当時ひどく頽廃していたエルサレムを変える力がそなわっていることを知っていました。しかし同時に、そんなことをしても長続きしないこともわかっておりました。キリストのなした最高の選択、それは、けっして自分の力を使うまいと決めたことです。そして、ただ一人の人間でも、死は存在せず死は別の命への移行にすぎないことを知ることができれば、自分の命さえ喜んでささげたことです。

キリストがしたことはまさにそういうことです。人びとは自分の目で奇跡を見なければ信じない、ということも知っていました。実際、キリストがいなくなった瞬間、人びとは迷いはじめました。

キリストは知ることと信じることのちがいを知っていました。だから死後三日して、友人と弟子たちのためによみがえりました。彼らと共に食事をし、語らい、分かち合いました。それによって彼らは知ったのです。

そうです。信じるのではなく、知ること。知ることで、弟子たちはすべきことを実行する勇気を得たのでした。

自分からすすんで四十日間の断食に耐えようという人は（四十日間の断食とはつまり、レッテルをはられ、ばかにされ、殴られ、非難され、地獄を体験することの象徴です）、その苦難にもかかわらず、最高の選択をすることになります。その選択を後悔することはけっしてないでしょう。

ここでみなさんにもう一度、とても具体的な例をお聞かせしましょう。

ふたたび、ダギー

四年半ほど前、私は、ガンで死にかけている九歳の少年を訪ねて、ヴァージニア州に参りました。別れ際に、その子に「もっと聞きたいことがあるでしょうね」と言いました。「あまり何回もヴァージニアまで来ることはできないのよ。でも、どんなことでも、何か聞きたいことがあったら手紙を書いてね」と伝えました。

ある日そのダギー少年から手紙がきました。たった二行の手紙でした。「大好きなロス先生、あとひとつ聞きたいことがあります。生きるって何？　死ぬってどういうこと？それから、どうして小さな子どもが死ななくちゃいけないの？　ダギーより」。

どうして私が子どもをえこひいきするか、おわかりでしょう？　子どもはばかげたことにとらわれず、ずばり核心をつきますから（笑い）。私は返事を書きました。でももちろん、ダギーに向かって仰々しい手紙は出せません。ダギーがくれた手紙のようでなくてはいけないのです。

私はそういう手紙を書きました。とてもすてきな二十八色のフェルトペンを使いました。それでもまだ足りない気がしたので、イラストもいれました。やっとできあがったときには、あんまり気に入ってしまって手放すのが惜しくなりました。そこで、いろいろな理屈をひねり出したのです。「そう、とっておく権利はあるでしょうね。ずいぶん一生懸命やったんだから。第一、もうすぐ五時で、郵便局が閉まる時間だわ。そろそろうちの子どもたちが学校から帰ってくるし、夕食の仕度にかからなくちゃね」。手紙をとっておいてもいいというふいろいろな言いわけをひねりだしました。でも言いわけが長くなればなるほど、いや、とっておいていいはずがないという確信も深まるのでした。とうとうこう自分に言いきかせました。「いつも最高の選択をしなさいと、教えまわっているではないか。では今、私にとって最高の選択とは何だろう？　私の最高の選択、それはまっすぐ郵便局に行って手紙を出すこと。なぜなら、私は自分のためではなく、あの子のためにこれを書いたのだから」。そこで私は郵便局に行き、手紙を出しました。

ダギーは手紙をとても喜び、とても誇りにしてくれて、ほかの末期症状の子どもたちにも見せてまわりました。このことだけでも、本当にうれしいことでした。

ところがその五か月後、三月のダギーの誕生日に、どちらかといえば貧しいダギーの家から私に長距離電話がかかってきました。ダギーは電話口でこう言いました。「先生、きょうはぼくの誕生日なんです。ぼくにはもうひとつの誕生日がくるって、先生は言ってたでしょう。そう言ってくれたのは先生だけなんです。それでぼく、ぼくの誕生日に先生にプレゼントをあげたいの。でも何をあげればいいのかわからなかった。ぼくの家には何にもないから。ぼくの心に浮かんだのはね……」（「ぼくの心に浮かんだ」という表現は、霊的なものであることを示します）……「ぼくの心に何回も何回も浮かんだのはね、先生がくれたあのすごくきれいな手紙を先生に返そうってことなんだ。でもひとつだけ条件があるんだけど」（おやおや無条件の愛ではないのね！）（笑い）。「ひとつだけ条件があるんだけど、先生、これを印刷して（聴衆から笑い）、病気にかかっている子どもたちにも送ってくれない？」。

私の頭のなかでいろいろなことが駆けめぐりました。二十八色刷りだから、ずいぶん高いものについてしまう（笑い）。ケチなスイス人の知的部分がそう言うのです。どうしたら費用を工面できるかしら。でもそういう考えはすべて邪魔なので「捨てよう」と決めました。代わりに私は最高の選択をしました。そして「何も期待することなく自分の一部を分けあたえるなら、それは何倍にもなって返ってくる」ということは文字どおりの真実です。

これは四年半前におこった出来事です。ダギーが死んだとき、ダギーの手紙は病床にあるたくさんの子どもたちの手もとに届いておりました（拍手喝采）。

知性と直観の区別をつけることです。あなたが考え込むときは、知性がはたらいています。あなたが正しいと感じたことをするときは、直観がはたらいています。直観は、あっという間に、まとまった意味もなくやってきて、非論理的ですが、素晴らしくいい気分がします（楽しげな笑いと拍手）。ところが、人は直観にしたがうと、いつも困難な道を行くことになります。そんなときのために、私はシャンティ・ニラヤにお気に入りの一節をもっています。「峡谷に、嵐を避けるための覆いをしてしまえば、峡谷の美しさを見ることはできない」。私はほかの何よりもこの言葉を信じています。

そうです。あなたが直観にしたがっていれば、あなたはやがてひとつの峡谷となります。ただあなたは耐え抜かなくてはなりません。でも耐え抜いたとき、それは本当に素晴らしい。（穏やかな幸福そうな声で）私は今以外のどんな時代にも生きたいとは思いません。なぜなら、今より困難だった時代も、今より多くを報いてくれる時代も、これまでなかったのですから。

それに対して「イエス」と言うこと

聖金曜日

七年前のちょうど今日、私はこの地にいました。このことは私にとってとても意味深いことです。なぜなら、七という数字は意味のある数ですし、復活祭というのは人間にとって——そう思わない人もいるでしょうけれど——もっとも重要な日だからです。

七年前、私はこの地で話をしましたが、その会合はうまくいきませんでした。そのころ私がしようとしていたことは、たぶん天に計画されていたより七年ほど早すぎたのです。でも、それを理解できずにいました。当時の私は、それからの七年がどんな歳月になるか、知らずにいました。それは幸いでした。なぜって、もし知っていたら、その年のクリスマスにツリーで首を吊っていたのではないかと思うからです（聴衆から笑い）。

私の人生の毎日は、聖金曜日とは何かを思い出すためにあるようなものです。聖金曜日はキリストが十字架にかけられた日です。だから、多くの人は悲しい日であると思いがちです。でもどうぞ思い起こしてください。もしあのことがなかったなら、復活もありえなかったのです。私の患者さんたちも、もし過去に人生の嵐に出会っていなかったら、知るべきことを知って平和と尊厳のうちに死を迎えることはできないでしょう。そこで今日はみなさんに、人生の嵐についてお話ししようと思います。嵐はなぜ襲うのか、そしてどうしたら子どもたちを、生も死も恐れないように育てられるかをお話ししましょう。

私は「死とその過程」の専門家ではありません。できれば五十年後には「生と生きていること」の専門家と呼ばれたいと願っています！　なぜなら、正しく生きた人にとっては、死は怖いものではありません。それどころか、死は最大の喜びであるはずです。私たちは死ぬことを心配するよりも、今日何をなすべきかを心配すべきです。もしあなたが今日、行動ばかりでなく、思考においても言葉においても、最高の選択をすれば、死の瞬間は祝福に満ちた輝かしいものとなるのです。

私たちは次の世代の子どもたちを、真実の無条件の愛と、きちんとしたしつけ、この両方で育てなくてはなりません。それこそ私たちの最大の課題と言っていいでしょう。聖書のなかに「父の罪はその子どもへ、そしてまたその子どもへと受け継がれる」とあります。正確な引用ではありませんが、みなさんご存じのことと思います。これはどういう意味かというと、もしあなたが子どものころ殴られたり、性的な虐待を受けたりすると――少なく見積もっても私たちの人口の二五パーセントは成長過程で近親相姦を体験しています

——おとなになったとき自分の子どもを殴る可能性が高いということです。なぜなら、心のなかの解決できなかった憤り、怒り、いらだちがはけ口を求めるからです。成長して自分の子どもをもつ前に問題を解決しておかないと、それが次の世代に持ち越されることになります。ですから、二千年前の教え、「汝自身を愛するように汝の隣人を愛せよ」を実行することは、私たちの世代の義務なのです。

そして、そのためにはまず自分を愛することからはじめなくてはなりません。自分を愛することができなくて、どうしてひとを愛することができるでしょう。また自分を信じることができなくては、ひとを信じることはできません。ですから、次の世代をどう育てるかを考えるには、まず自分自身のことからはじめなくてはなりません。そうすれば問題は少しずつ解決されていくでしょう。

さて、神は人間を五つの自然な感情をもったものとしておつくりになりました。ですから この五つの自然な感情を尊重することを学びましょう。これらを別の不自然な感情に変形してはいけません。変形された不自然な感情は、やり残した仕事という意識を後に引き起こします。

怒りは神のあたえた自然な感情です。そして本来なら十五秒しか持続しないものです。「私は嫌です」と言いたいとき、十五秒あればじゅうぶんですから。

ところが、子どもたちは、しばしば、自分の主張や判断、自然な怒りを表に出すことを許されていません。怒りを閉じ込めているうちに、やがて心のなかに、復讐心や憎悪に満ちた小さなヒットラーが育つことになります。

悲しみも、自然な感情です。この感情のおかげで、私たちは喪失を直視することができます。みなさんは子どものころ、思いきり泣くことを許されていましたか？　きれい好きで整頓好きのスイス人の母親は、子どもが安心したいときにさわりたがるボロ毛布を「きたないわ」と言って捨てたりします。小さな子の心はどんなに傷つくことでしょう。また「泣きやまないのなら、痛くしてあげるからもっと泣きなさい」と言って、泣くことを許さない母親もいます。子どもはお尻をぶたれるのがいやで、黙ってしまうでしょう。でもそのおかげで、おとなになったとき、自己憐憫の問題が起こってきます。自己憐憫に文字どおり溺れてしまうのです。そんなふうでは、たとえばホスピスの仕事のような、ひとを助ける仕事はできませんし、罪や恥の意識につきまとわれることになります。

『ET』のような映画に行くと、観客が恥の意識にとらわれているのがわかります。上映後に明かりがつくと、涙でくもった眼鏡をふいている人が大勢いますが、たいていはホコリがついた、などと言いわけをしています。泣くのはみっともないという意識があるからです。悲しんではいけないと恐れること、それがやり残した仕事につながります。

愛は無条件です。愛には要求も期待もいっさいなく、ただそこにそのまま存在します。

愛の自然な形のひとつは、赤ちゃんを腕に抱きしめること。赤ちゃんは安心し、大事にされていると感じます。愛のもうひとつの形は「ノー」と言えること。これはなかなか難しいことです。たとえば男の子に「自分の靴ひもなんだから自分で結んでごらん。手伝わなくてもできるでしょう」と言ったとします。その子はかんしゃくを起こして暴れるか、または何とかしてあなたにやらせようとするかもしれません。でもあなたは頑として、諭してあげなさい。「絶対ひとりでできると思うなあ。私があなたの年ごろにできたより、きっと上手にできるわよ」。そう言われれば、その子はかがみこんで、一生懸命やってみるでしょう。そして自分の靴ひもを自分で結ぶことを覚えたときには、ずいぶん誇らしい気持ちになるのではないでしょうか。

そうやって自分に対する信頼と愛の気持ちを育てていくのです。この気持ちはとても大切です。もしあなたにやり残した仕事があるのなら、早くそれに立ち向かってください。そうでないと一生後悔の念につきまとわれるばかりか、お腹のなかでサナダ虫のように大きくなって、あなたの心を食い荒らすことになるでしょう。

あなた自身が十全に生きて、そのうえで誰かを亡くした場合には、あなたの心には「嘆きという重荷《グリーフ・ワーク》」は残りません。あなたは嘆き悲しむでしょうが、重荷は負わないはずです。

嘆きという重荷はやり残した仕事です。それは、恐れや罪や恥の意識など、あらゆる不自然な感情であり、つまりは、やり残した仕事なのです。やり残した仕事はあなたのエネルギーを無駄に使わせ、やがて全体感や健康感をそこねてしまいます。

自殺は自由な選択の範囲にはない

自分が、自分だけが、自分の選択に責任をもっています。選択には責任がともなうことを忘れてはいけません。たとえば誰かが自殺したがっているとしましょう。自殺するのであれば、自殺の結果を引き受けなくてはなりません。自殺は身内の者に重い罪の意識を負わせます。「なぜこんなことに?」「私のせいだ」「どうして止められなかったのだろう」と、身内の者は悪夢に苦しむことになり、自殺した人はその悪夢の責任を問われます。結局それは……重荷となって、自殺者は重荷を背負って死の世界におもむくことになるのです。

ですから選択をする場合はいつも、選択の自由があるかどうかを確認しなくてはなりません。選択は私たちが人間として生をうけた際にあたえられた最高の贈り物です。現在わかっている限り、人間は宇宙にただひとつの、選択を許された生物です。しかし、繰り返しますが、選択は同時に責任をもたらします。

ところで同じ自殺といっても、全部をいっしょくたに論じることはできません。若い人の自殺の場合、七〇パーセントは医者の責任であると言わざるをえません。みなさんのなかに精神科医がおいでですか？

どうして精神科医の方に注目していただきたいかと言いますと、躁鬱病との病名が下される前の、初期の症状にもっと注目しなくてはいけないと思うからです。この症状は見落とされがちです。たとえば若い娘さんがふさぎこんでいるとします。たぶん失恋したか、父親か母親と言い争いをしたのでしょう。こういう場合、医者は正常だと判断して、躁鬱病を疑わないことが多いのです。ところが、じつは躁鬱病の初期だったのに医者がその兆候を見逃していたというケースがままあるのです。躁鬱病と診断されれば、たいへんよく効く薬があります。私が使うのはリチウムという薬ですが、これを処方すると鬱の症状が和らぎます。リチウムを飲んでも、鬱の症状は完全に消えるわけではありませんが、それでもあるていど以上落ち込むことはなくなります。躁状態があらわれる場合も、コントロールを完全に失うほどの極度の躁状態はさけられます。

ですから、躁鬱病の初期症状をもっともっときちんと把握して、正しい薬物治療を施すように後進を教育しなければと思います。私は精神科医として患者に薬をたくさん出す方ではありませんが、リチウムは私が出す数少ない薬のひとつです。

選択の結果といっても、さまざまなケースがあります。たとえば若い娘が、ボーイフレンドや母親に対する怒りが原因で、復讐のために自殺するということもあります。「よくも私をこんな目にあわせたわね。あなたが罪の意識を感じるようにしてやる。一生後悔すればいいんだわ』。彼女は誰かに罪の意識を感じてほしいのです。そのために命をかけるのです。ボーイフレンドがどれほど彼女にひどいことをしたか、思い知らせるためなら、どんなことでもいとわないほどの激情にかられるのです。この手の自殺と、躁鬱病の結果の自殺とでは、引き受けなければならない責任はまったく異なります。躁鬱病の場合は、そう病名がついていない場合もふくめて、誰にもどうしようもないほど深く鬱状態に落ち込んでしまいます。その結果、誰が何と言おうとも自分の命を終わらせること以外の望みをもてなくなってしまうのですから。

鬱病の結果の自殺

みなさんのなかに、過去に本当に絶望的な鬱状態を経験したことのある人がいるでしょうか。それがどんなものかは経験した人にしかわかりません。でも鬱病患者の感じる鬱の状態は、その経験を十倍にしたものです。何もかもが無意味になる。何もかも。それは何もないことよりもひどい状態で、完全な空虚です。そこから出て、日のあたる場所に行く道がどこにもないのです。ですからこういう鬱状態にある人にとって、ただひとつの解決法は、すべてに終止符を打つことなのです。あらゆることが耐えられないからです。こういう自殺の場合は、死んでから人生を振り返っても、たとえばガンで死んだのと同じこととに思えるでしょう。鬱状態の結果の自殺は、本人が責任を負うことができないのです。

＊

人は誰でも一生の間に、学ぶべきすべての課題を学び、また教えるべきことをすべて教えつくさないかぎり、「卒業」することはできません。人生はひとつの学校です。テストを受け、テストに受からなければなりません。テストに受かれば二倍のご褒美がもらえます。次のテストは最初のものよりずっと難しいので、三倍のご褒美がもらえます。こうして次から次へとテストが続きますが、前より易しくなるということはなく、次々に難しいものとなります！　より難しく、より厳しいものへと毎回進むのですが、その反面、前より楽になります。どういうことかわかりますか？　そうですね、たとえて言うと、五年生の算数の問題を一年生に出したらどうでしょうか。一年生には難しすぎて解けたものではないでしょう。でも同じ問題を五年生に出せば話は別です。五年生ならじゅうぶん基礎ができているのですから、問題が高度でも解けるチャンスはずっと大きくなるはずです。

テストが続くというのは、あなたがやっと山の頂上にたどり着き、ついに山を征服したと思ったとたん、別の山が頭上にかぶさってくるようなものです（会場から納得の笑い）。たとえばツーバイフォーの材木の大きさの難問がきて、それを解決できたとなると、次には……私はツーバイフォーのひとつ上のサイズを何と呼ぶのか知りませんが、とにかく前より大きな材木がのしかかってくるのです。ところでみなさんのなかに、少なくともツーバイフォーのレベルの難問は通過したという人がいるでしょうか？（会場から「終えたと思います」という返答）。つらいと思いましたか？（「はい！」）。そう、もっと素晴らしい難問がひかえているかもしれませんね！（笑い）。

人生とはそういうものではないでしょうか。人生のただひとつの目的は、精神的に成長するということです。あなたが完璧になると、誰かがちょっと洗濯機に投げ込んでみようとするのです。そして人生という洗濯機に投げ込まれたとき、あなたが壊れて出てくるかそれともみがかれて出てくるかは、ほかの誰でもない、あなた次第なのです。

「救う」と「助ける」の違い

誰かを救った（レスキュー）からといって、かならずしもその人を助けた（ヘルプ）ことにはなりません。心のどこかでは誰もがそのことを知っているはずです。なぜなら、誰かを救った場合、上下関係ができて、救われた人は下に、救った人は上の立場になります。誰かを救ってバンドエイドをはってあげても、ちっともその人を助けたことにはなりません。

私たちはおたがいに、兄弟姉妹の守り手です。誰かが助けを必要としているときには、手助けする責任があります。しかし私たちは相手に負い目を負わせる「救う」ということと、相手が求めたときに「助ける」ことのちがいを知らなくてはなりません。そもそも謙虚でなくては助けることはできないのです。救うことと本当に助けになることの差は紙一重でしかありませんが、助けることこそ真に人間のすべきことではないでしょうか。

（会場から、重病患者がこれ以上生きていたくないと言った場合どうしたらいいか、という質問が出る）。宇宙の掟ということを聞いたことがありますか。みなさんは宇宙の掟の根本を知らなくてはなりません。「汝、殺すなかれ」ということは絶対的な宇宙の掟であって、全人類にあてはまるものです。私たちの宗教だけでなく、どの宗教もそう語っています。もし誰かに、どんな理由であれ殺してほしいと頼まれたなら、その人がなぜ生きていたくないのか、まずそのわけを見つけ出さなくてはなりません。みなさんが世話をしている患者のなかには、もう生きていたくないという人、失禁状態で車椅子にしばられている人、ただ宙を見つめているだけの人、誰もキスしたり触れたりしてくれない人などがいることでしょう。

そういう状態で生きていたいと思う人がいるでしょうか。いるはずがありません。もしあなたが本当にその人の立場に立って「こんなふうでは生きていたくない」と思ったなら、こう自問してみてください。「この人の状況を何とか変えてあげることはできないだろうか。死ぬまでのあいだ、ただ生きているというのでなく、本当に生きていると言えるように、私にできることはないだろうか」。そして何か考えついたことをして、その人の状況を変えてあげるのです。

私どもが製作したキャシーの映画を見たことのある人がいますか？　全身麻痺で車椅子に乗っているお年寄りがダンスをするという映画です。

老人の手助けをする方法について、私どもは映画を製作したのです。そのとき対象にしたのは私たちと同じ六十代の老人ではなくて（笑い）、もっとずっと高齢の人たちでした。医療付き老人ホームで、麻痺のために車椅子生活を余儀なくされている八十歳から百四歳までの男女を選びました。元気もなければ頼る人もいないという典型的な高齢者の人たちに生きる方法を教えようというのです。

キャシーという名のダンス教師がダンスを教えるのですが、お話ししたように、老人たちは全身麻痺で車椅子に乗っています。キャシーはみんなの車椅子を円形に並べました。普通ならカメラマンは、カメラに向かってニコニコと、楽しそうに、いい顔を見せようとしているお年寄りの姿を撮るところでしょう。ところがこれを撮ったカメラマンは、そうしませんでした。何と後ろから、車椅子からダラリとたれているお年寄りの足だけを撮影したのです。ところが、チャイコフスキーやモーツァルトなどのクラッシック音楽がかかってダンスがはじまると、なえた足が突然動きはじめたのです（聴衆から驚きの声）。それから、信じられますか？　老人たちは本当にのってきました。ひとりのおじいさんは飛び上がって車椅子をガタガタ鳴らして動きまわり、お隣のおばあさんをつかまえては、さわりはじめました（笑い）。いろいろなことが起こりましたが、一部始終を映画で見ることができます。

そのおじいさんはお隣にいたおばあさんと、あとで婚約したんですよ（楽しげな笑い）。もちろんおばあさんも花嫁になることを承知しましたが、どうも、花嫁になりたかったのは新しいドレスがほしかったからのようです！（笑い）。ずいぶんちゃっかりしたおばあさんね（爆笑）。

その映画を見ていただけたらと思います。それから、できればこの老人ホームも見学してください。（「何という名前のホームですか」との質問がでる）。ごめんなさい、私は脳卒中で倒れて以来、固有名詞を思い出すことができないんです。でもニュースレターにこの映画のことがでています。お年寄りが踊るナントカという題です。お年寄りのダンスは本当にみなさんの想像を絶していますよ。何もかも、いい音楽を選び、生活に命を吹き込んだキャシーがいたおかげでできたことです。

私の母

母が老齢に達したとき、ひとつ厄介な問題が起きました。母はひとから何かしてもらうことが耐えられなかったのです。母は惜しみなく人にあたえ、誰に対しても親切な人でした。一生、身を削って働いてきました。母は長男が六歳のときに三つ子の赤ちゃんを育てるはめになりました。六十年前に三つ子を育てるのがどんなに大変だったか想像できますか。洗濯機もなければ、紙おむつもなく、お湯も出ないのです。九か月間というもの、夜も昼も三時間おきに三人にお乳を飲ませなければならなかったのですから、それは大変でした。母はあたえつづけ、愛そのものでした。

ところが、母は自分では何も受け取ることができなかったのです。本当に何も。ほとんど病的なほどでした！

たとえばお隣の人が土曜日にパイを焼いて持ってきてくれたとします。母の手間を省いてあげようという親切からです。ところが母は、その次の週末には自分がパイを焼いて、お返しをしないと気がすまないのです。

そういうタイプの人をご存じですか。もし知っていたら、母のような結末を避けるために、ぜひ私の話をしてあげてください。私自身もここから学ばなければならないことは多いのですが。

母は、いつの日か植物状態になるのではないかとひどく怖がっていました。そうなったら完全にひとの世話になるしかありませんが、世話になるなんて、彼女の人生で起こりうる最悪のことでした。私たちはよく母をからかって言ったものです。「感謝して受け入れることができないと後悔するわよ。パイをもらうことで、相手に喜んでもらえることだってあるんだから」。でも母は聞き入れませんでした。

私は、ある日電話で、植物状態になることを恐れていたその母が浴室で脳卒中の発作を起こして倒れたことを告げられました。母は全身が麻痺して、話すことも、身体を動かすことも、何もできなくなったのです。

あわてて病院に連れて行きましたが、母がほんの少しでも動かせるのは左手だけでした。しかもその左手を使って鼻から管を抜こうとするので――もちろんその管は必要だったのです――左手も動かせないように縛られてしまいました。おかげで母は自分のからだを一ミリだって動かすことができません。私は母に約束しました。「最後まで私がお母さんを助けてあげる」。

でも私は母の死に手を貸すことはできませんでした。脳卒中の発作の前に、すでに母は、もし植物状態になるようなことがあったら薬をくれるようにと、私に懇願していました。「私にはできないわ。お母さんは昼も夜も三時間おきにお乳をくれて私を育ててくれた。何もかも犠牲にして……。そのお母さんを……そんなことできるはずがないわ」と私が答えると、母はひどく立腹しました。

母が懇願したとき、私は過ちを犯しました。母は本気だったのに、私は軽く考えていたのです。「死に手を貸すことはできないけれど、生きることの手伝いなら喜んでするわ」

と言う私を、母は理解できず、不幸せで怒っていました。「家族のなかで医者はお前ひとりじゃないか。簡単なことなのに」と言いました。

私はほだされやすい性格ですが、ありがたいことに、母の言葉にのせられませんでした。この会話の三日後に私はアメリカにもどり、そこに家から電話がきて、母が発作をおこしたことを告げられたのです。私は即座にスイスに飛んで帰りました。

私たちは大急ぎで母を病院に連れて行き、母は人工呼吸器はじめあらゆる器械につながれました。みなさんはゴムホースを何に使うか、もうご存じですね。病院で母は、ゴムホースの代わりに、ベッドのわきに取りつけられたアルミのガードレールを使いました。

注＝ロス博士のワークショップでは、参加者が、痛みや怒りや無力感の表現を促進するために、ゴムホースの切れ端でマットを叩く。

母は病院の外からでも聞こえるくらいに、アルミのガードレールをガタガタ鳴らしました。病院に来ると、ガタガタいう音がして、母の怒りがすぐに感じられました。おわかりでしょうが、母は口をきくことができなかったので、それ以外に自分を表現する方法がなかったのです。その音にはがまんできませんでしたが、母の憤激はよくわかりました。母はまったく無力で、からだを洗ってもらい、食べさせてもらい、ありとあらゆる世話をしてもらう以外どうしようもなかったのです。

そこで私は、ホスピスに相当する場所に連れて行こうか、と母に聞きました。ずいぶん昔の話ですから、スイスにはまだホスピスはありませんでしたが、私の頭にあったのは、何と言うか、昔ふうの、看護婦が愛情をこめて親身に世話をしてくれるような、アットホームな病院です。器械も、人工呼吸器も、何もないような。母ははっきりと「行きたい」と答えました。

スイスでは、そういう快適な場所を見つけるのが容易ではありません。二、三年先まで予約でいっぱいなのです。このときばかりは、三つ子に生まれたことを感謝しました。姉妹が三つの頭を寄せ集めて、懸命に探したのです。妹の一人はとても女っぽくて魅力的で、もう一人は政治的な駆け引きがうまく、そして私はアメリカから来ました。つまり、お金がありました（会場から笑い）。何しろ当時はまだドルがひじょうに強かったのです。

こういうことになりました。――私はドルをちらつかせる。魅力的な妹は医者を誘惑する（笑い）。もう一人の妹はありとあらゆる汚い手を使う（笑い）。そうやって、なんとしても母のためにベッドを手に入れるのです。いったい誰が四十八時間以内にベッドを手に入れたと思いますか（聴衆から「ドル？」という声があがる）。

スイスでは、その手は通じませんでした。妹が誘惑に成功したのです（聴衆から驚きの声）。彼女は四十八時間以内にベッドを手に入れたのです。いったいどういう手を使ったのか、私たちはけっして聞きませんでした（聴衆、大笑い）。

　彼女が手に入れたベッドはバーゼルにありました。母がいたのはチューリッヒです。ご存じのように、とても離れています。それは、ちょうどその直前に死んだ人のベッドでした。私たちはチューリッヒのベッドとバーゼルのベッドを物々交換してもらったのです。私はこれまでにずいぶん臨死患者と旅をしましたが、母を連れたチューリッヒからバーゼルまでの旅は私にとって最高のものでした。旅立つ前、私は家を引き払わなくてはなりませんでした。母の物を何から何まで全部捨てるというのがどんなことか、おわかりになるでしょう（ちょっと、のどを詰まらせる）。しかも母はまだ生きているのです。でも、もうその家に帰ってくる見込みはありません。絵、本、衣類、何もかも処分しなければなりませんでした。それは私にとってもわが家でした。だから私も帰る場所を失うことになったのです。

　私は母が愛していた、こまごました物のリストをつくりました。たとえば、ある年のクリスマスに私たち姉妹は小さなミンクの帽子を母に贈りました。次の年にはネックレスを贈りました。私たちはそのために貯金して母にプレゼントしたのです。とても質素な人でしたから、娘たちからミンクの帽子をもらったことをいろいろな人に自慢していました。

　そうした物のリストをつくり、私はチューリッヒからバーゼルまでの救急車を借りました。ついでにエッグノックを一本買いました。「エイ・コニャック」という、スパイスのきいたエッグノックです。ブランディのほうが卵より多いというほど強い酒です（笑い）。

ここでは売っていないでしょう。とてもおいしいオランダの飲み物です。どんなに強いお酒か、想像もつかないでしょう。うちの家族はみんなお酒を一滴も飲めませんが、それでも私はエッグノックを一びん必要としていたのです。

私は母と救急車でバーゼルに向かいました。私は、母が愛した品々のリストをもっていました。それぞれに最適の落ち着き先を探してやらなくてはなりません。私は母に、いちばんふさわしいと思われる人物の名を言ったら「ウー」と声をあげてほしいと頼みました。リストに書かれた一つひとつの品について、私は思い出せるだけの人の名をあげました。郵便屋さんの奥さんとか、牛乳屋さんの奥さんとか。ひとりの名をあげる、母は黙っている。もうひとりあげる、母は黙っている。三人目の名をあげる、母はまだ黙っている。ちょうどぴったりの人の名があがると、母は「ウー」と声をあげ、私は帽子とかネックレスの横にその人の名前を書き込むのです。「当たり」が出るたびに、私たちは一杯やりました(酒を飲むしぐさをする)。バーゼルにつくまでに、ボトルは空になってしまいました(会場から笑い)。でも(自分でも笑いながら)リストは完成しました。そうやって、私と母とで、やり残した仕事を片づけたのです。臨死患者とした旅のなかで、いちばん楽しい旅でした。

バーゼルの病院は、二百年前に建てられたというような古い建物でした。ベッドのレールは堅い木でできていて、動かそうとしてもびくともしません。

母の「ガタガタ」を取り上げてしまったわけです。「ガタガタ」は母の玩具でした。怒りや無力感を表現する唯一の手段だったのです。私は、「あと数日しかもたないだろう。それまでの辛抱だわ」と自分に言い聞かせました。

でも、母はその状態で四年ものあいだ生きつづけました。四年ですよ。音をたてられずに、なんの表現の手段もなしにです。母に見つめられるたびに、私は罪悪感にさいなまれました。母は目つきだけで私に罪悪感をおぼえさせるこつを身につけていたのです。

私は神を恨みました。もしできることなら八つ裂きにしてやる、とさえ思いました。スイス・ドイツ語、フランス語、イタリア語、英語など、ありとあらゆる言葉を動員して、神をののしりました。でも神は動じませんでした。何も答えてくれませんでした。何も。私は神を罵倒しました。「このくそったれ！」。でも、いっさい何の反応もありません。そのために私はますます腹が立ちました。

こちらがどんなに口汚くののしっても、神はただ悠然として、愛をふりまいているのです（わざと怒ってみせる。会場から笑い）。こちらがかんかんに怒っているときに「きみって、かわいいね」と言われるようなものです（聴衆、大笑い）。神を殺したくなります。でも、神はもう死んでいる。だから、殺すこともできない。私は、怒り、取り引き、鬱、罪悪感、というお定まりのコースを一通り経験しました。

私の怒りは、母があんな体で「存在」しつづけた四年間だけでなく、母が死んでからも収まりませんでした。母の死後、数週間たっても、数か月たっても、私は神に対する自分の意見を何とか変えようと必死でした。何としても神の真意を理解したいと思ったのです。「神様がくそったれであるはずがない。でもどうして、愛情と慈悲と理解にあふれた神が、母をあんなに苦しめたのだろう。母は七十九年間も愛し、あたえ、いつくしみ、分けあたえつづけたのに」。きっと母を苦しめたのは神ではなく、別の何かなのだろう、そんなやつとはかかわりになりたくない、というのが私の気持ちでした。

＊

言うまでもありませんが、母が死んだとき、私は心からほっとし、喜びました。数か月後のある日、私はまだこりずに、神に対する自分の気持ちについてあれこれ考えていました。そして突然、すべてがわかりました。その瞬間、私は文字どおりその場で飛び上がりそうになりました。私は口に出して言いました。「ありがとうございます、ありがとうございます。ああ、何度でも言います。ありがとうございます。あなたほど寛大な男性はいません」。私はケチケチした男性に対して特別の嫌悪感を抱いていました（会場から笑い）。最初にワークショップを開いたとき、ケチな男性が私の悩みの種だったのです。ですから、「寛大な男性」というのは、私が神に贈ることのできる最大限の賛辞だったのです（笑う）。それに、神は女性ではなく男性でなくてはなりませんでした。私の悩みの種はケチな女性ではなく、ケチな男性でしたから。それで、ついに大発見をした瞬間、私は小躍りして「あなたほど寛大な男性はいません」と叫んだのです。

私が何に気づいたかというと、学ぶべきことはいずれにせよ何らかの形で学ばなければならないということ、そして、学ばなければならない理由はあなた自身にあるということです。少なくとも私はそのことを知ったのですから、そんなに大変な課題ではなかったはずです。また、母のことはやはり神の御業だということに気づきました。それはあるていど離れないと見えないのだということにも気づきました。あまりに近くにいると客観的になれず、よく見えないのです。たとえばアフリカの奥地に行って瞑想するとかアリゾナの砂漠に行けば、すべてがはっきりと見えます。はっきり見えるためには、距離が必要なのです。

目つきで私に罪悪感をおぼえさせた、あの苦しみに苦しみ抜いた母と離れたとき、すべてはやはり神の御業だったのだということが見えてきました。神は母に、七十九年間ひたすらあたえ、愛しつづけることを許しました。でも母はそのために最後の四年間、受け取ることを学ばなければならなかったのです。

おわかりになったでしょうか、寛大ということの意味が。

過去に楽に学べたものを、今になってさんざん苦労して学んでいる人を見ると、ああ神の御業だなと思います。本当はずっと前に習ったことなのです。ただ、私たちはちゃんと聞いていなかったのです。責任は私たちにあるのです。これで、先ほど言ったことの意味がおわかりになったでしょう。頭の上にツーバイフォーの材木があります。それをちゃんと理解しないと、次にはもっと太い木がのしかかってきて、頭が割れてしまうかもしれないのです。

*

以前、一年ほどにわたって、私はさんざん学生たちから、休まなくてはいけない、R&Rを学ばなくてはダメだ、と言われつづけました。私はR&Rが何であるか知りませんでした。私の語彙にはなかったのです。「それ、何?」と質問するたびに、「休息《レスト》とくつろぎ《リラックス》です」と教えられましたが、二分もすると忘れてしまって、私は働きつづけ、突っ走るのをやめず、休みませんでした。

最後に質問したとき、こう言われました。「先生は今すぐにでも休まなくてはいけません。どうか立ち止まってください。何から何までお一人でやるのは無理です。休むことも覚えなくては。いつまでも毎日十七時間、週に七日働きつづけるなんて不可能ですよ」。私は心のなかで、なるほどそれはもっともだ、時間ができたら休むことにしよう、と思いました。

そして一九八八年八月、脳卒中で倒れ、全身麻痺になり、口がきけなくなりました。

一九八八年十二月のはじめ、こう言われました——。もし本気でR&Rを実践しなかったら、またポプラを起こしますよ、と。たしか医師は「ポプラ」と呼んでいたと思います。軽い卒中のことです。

最初に課題をあたえられたときにちゃんとやらないと、必ずまた課題をあたえられます。しかも、前より難しいものを。というわけで、今ではちゃんとR&Rを実践しています。ワークショップを開いたのはあれ以来、今回がはじめてです。いまでも、しばらくの間ただすわっていることしかできませんが。

さて、また母の話にもどりましょう。もし私が母を安楽死させていたら、きっと母はこの世にもどってきて、最初からやり直し、受け取ることを学ばなくてはならなかったでしょう。つまり、脊椎披裂などの重度の障害をもった子どもに生まれ変わらなくてはならなかったでしょう。そうしたら誰かが彼女のしもの世話をしなければならず、食事を食べさせたり、何から何まで面倒をみなければならず、それによって母は受け取るということを否応なしに学んだことでしょう。

つまり、私は、母を愛していたからこそ——いまでもその愛は変わりません——安楽死を望む母に「ノー」と言い、そのおかげで、母は苦痛に満ちた一生を送らずにすんだのです。どういうことか、おわかりですか。

人を救うことはできません。救われた人は、救ってもらったおかげで学ばずにすんだことを、結局は学びなおさなくてはならないのです。誰かの代わりに高校に行って試験を受け卒業免状を受け取ってやるわけにはいかないのと同じことです。自分でやらなくてはいけないのです。真実の愛こそが答えです。私の先生たちは、愛とはいったい何かという最高の定義を教えてくれます。それは、救いの手を出さずに、相手が自分で学ぶのを優しく見守ることです。愛とは、いつ補助輪をつけてやったらいいか、いつ外したらいいかを知ることです。それが愛です。補助輪を外すのはつけるよりもはるかにむずかしいです。でも結局は外さなくてはならないのです。

だから、もし誰かが救いを求めたら、優しくこう言ってあげることです。――あなたが自分の苦痛から学ぶことはすべて、試験に合格するために必要なんですよ、と。楽にさせてあげようと思って気安く手を貸してしまうと、飛躍的な成長の機会を奪ってしまうことになります。貴重なものを学ぶ最後のチャンスを奪ったとして、その人はいつまでもあなたを恨むことになるでしょう。

おわかりになりましたか。救うことと、助けることとは、それこそ紙一重です。これを覚えておくことはたいへん大事です。

(聴衆のひとりから質問。「困難な状況におかれて助けを求めている人を、あえて救わないというのは、あなたがこれまでやってきたことと矛盾するのではありませんか」)。

いいえ、そんなことはありません。自分のストックが底をつくまでは、何でもやっていいのです。もしガンで苦しんでいる人がいたら、私は迷わず鎮痛剤を処方します。まだ医師からそういう診断を下されていなくとも、私が見て、この人は躁鬱病だなと思ったら、リチウムを処方します。医療にたずさわっている身としてできるのはそこまでです。求められても、それにどこまでも応えられるわけではありません。限界があります。真の愛とはこう言ってあげることです。「残念ながら、私にできるのはここまでです。あとはあなたが自分でやらなくてはいけません」。

たしかに、これは難しい。簡単ではありません。延命をはかることが本当にいいことなのかどうか、と悩むこともよくあります。これ以上生きたとしても、何ひとつできないだろう、と思ってしまうのです。でも、私は医師として、そこにあるすべての延命装置を使わなくてはいけないという教育を受けています。それでも、自分だったらそんなものを使われるのはいやだろうなと考えてしまいます。ところが、アメリカでは医療訴訟がさかんですから、延命せざるをえないのです。

しかも、患者の家族があなたをにらみつけ、どうしてあなたはこれこれの方法を試みなかったのかと詰め寄るかもしれません。というわけで、あなたは、患者の真の要求に応えるか、それともその家族だか親類だかの言うとおりにするか、という選択を迫られます。その家族は、患者との関係において、やり残した仕事があり、どうしても患者を死なせるわけにはいかないのです。こうした問題ははっきり決められるものではありません。とても難しい問題です。

積極的な安楽死について、私のきわめて個人的な意見を言わせてもらえば、一五〇パーセント「ノー」です。絶対に認められません。どうしてその患者が苦しみを学ばなくてはならないのか、こちらにはわからないからです。その患者を救おうとしたら、こちらが呪われます。おわかりになったでしょうか。これはひじょうに重要なことです。

（会場から質問。「やり残した仕事を片づけることが霊的な成長につながる、というご意見ですが、もう少し説明していただけますか」）。

私は、それ以外に方法はないと思います。まだ時間はありますか。もしさしつかえなければ、私がどうやって自分のなかのヒットラーを駆逐したかをお話ししましょう。少なくとも十五分はかかると思います。

私の父

正直にならなくてはいけません。何よりもまず必要なのはそれです。詐欺師になってはいけません。ただし私が言っているのは、ひとに対してではなく、自分に対してということです。みにくい人間になったとき、マイナス感情を抱いているとき、腹が立ったとき、誰かを憎んでいるとき、とにかく自分が「いやなやつ」になったら、原因は自分にあり、ひとは関係ないのだということを忘れないでください。

ご存じのとおり、みんながやり残した仕事を片づけられるようにと、私は世界中でワークショップを開いてきました。何年も前のこと、ハワイでワークショップを開いてほしいと頼まれました。どこへいく場合も、私どもでは古い修道院を探します。敷地は広いし、環境抜群だし、たいてい、ほとんど人がいないし、値段も安いし、食事もまあまあだからです。それらが最低条件ですから。それにもちろん、だれかが叫ぶたびに警官が来ては困りますから、人里離れた場所であることも必要です。

ハワイでは、そういう場所が見つかりませんでした。計画を白紙にもどそうと考えていたとき、ひとりの女性が電話をしてきました。「ロス先生、理想的な場所があるんです。ただ問題は、来年の四月でないと使えないんです」。私はいつでも二年先まで予定がつまっていますから、予定が翌年の四月まで延期になっても、少しもかまいませんでした。それに、信じられないような体験を何度もしてきましたから、自分はしかるべき時にしかるべき場所にあらわれるものだと確信していました。だから、こまかいことはどうでもよかったのです。そうでしょ？（会場から笑い）。

というわけで、こまかいことはまったく気にしませんでした。そのせいで、これまで何度も厄介な問題になったのですが。とにかく、私は「わかりました。そこを使いましょう」と答えました。そして、十万ドルの小切手を送り、そのことは忘れてしまいました。

一年半ほどして、その島へ行く飛行機のチケットを手配する段になって、こまかな点を検討しなくてはならなくなりました。日時や場所を記した手紙を受け取ったとき、私はかんしゃく玉を破裂させました。私は怒りと憤激の固まりになりました。そのときの私は、みなさんには想像もつかないくらいの「いやな人間」でした。怒りは十五秒以上つづきました。いや、実際のところ、十五日以上つづいたのです（会場から笑い）。

二歳のときにかんしゃくを起こしたことを覚えていますが、あんなにものすごいのを起こしたのはそれ以来のことでした。感情の部分が過剰に反応すると、すぐに知的な部分が応援に乗り出すものです。怒り狂っている自分が自分だとは認めたくないからです。それで私の頭はすぐにこう言いました。「あいつら、いったい何を考えてんの？　イースター週間に来いだって？　ワークショップのためにイースターの休みを返上しろっていうの！　冗談じゃないわ」。イースター週間を選んだ人間を呪いました。「私には子どもがいるのよ。あちこち飛び回っているせいで、なかなか顔を見ることもできないっていうのに。この次はイースターだけじゃなくて、クリスマスの休みも取り上げるつもりだわ。子どもに会えないなんて、こんなの母親って言えるかしら。みんな、あいつらのせいだわ」。

でも次の瞬間にはこう考えました。「そんな考えはばかげてるわ。イースターの卵は前の週か次の週に色を塗ればいいじゃないの。それほどひどいことじゃないわよ」。

でも、頭はすぐに防衛の第二陣を繰り出します。「だめよ、イースターにワークショップなんて。カトリックの人が来ないじゃない。熱心なユダヤ教徒も来ないわ、過ぎ越しのお祭りと重なるから。プロテスタントしかいないワークショップなんて、まっぴらごめんだわ」。（会場から笑いと拍手喝采）。私は大まじめで言ってるんですよ。ワークショップの素晴らしい点は、あらゆる人種、あらゆる宗教、そして、死期の迫る四歳の子どもから百四歳の老人まで、あらゆる年代の人が一堂に集まることです。もし一種類の人しかいなかったら、私たち人間はみんな同じで、同じところから来て同じところへ帰るのだということが学べません。

私は自分の怒りを正当化するためにありとあらゆる言いわけを考え出しましたが、ここでそれを長々と紹介したりしません。何しろ私は精神科医ですから、自分の怒りを説明するような言いわけを思いつくのは大得意です。それはもう、みなさんの想像を絶するほどです。

でも、どれひとつとして、私を納得させてはくれませんでした。どれひとつとして。

＊

さて、私は不機嫌の固まりになって、ハワイに向けて旅立ちました。飛行機のなかでも、「酒を飲むな」とか言って、まわりの人に当たり散らしました。とにかく虫の居所が悪かったのです。

指定された場所（それは女子寄宿学校でした）に着き、自分の部屋に案内されたとき、またかんしゃくを起こしました。鍵を渡してくれた人を殺しかねないほどの剣幕でした。どうして私がそれほどまでに過剰反応を起こしたか、少し説明する必要があります。私は三つ子の一人として生まれました。三つ子に生まれるというのは本当に悪夢です。当時のことですから、同じ靴をはき、同じ服を着て、同じリボンをするのです。成績まで同じでした。先生たちは、私たちの誰が誰だかわからないので、三人に一律に平均点をくれたのです（笑い）。

おまるでさえ、同じ物が三つ並んでいました。そして三人とも同じ時間におしっこしなければなりませんでした（笑い）。食卓でも、三人とも同時に食べ終わらなければなりません（笑い）。いまになってみると、そういったことがいかに私に役立ったかがよくわかります。もしそうした経験がなかったら、これまでやって来られなかっただろうと思います。というのも、長じて私は大衆向け商品になりました。ニューヨークで二、三千人の前で講演し、三百冊の本にサインして、それからケネディ空港に駆けつけ、出発間際の飛行機に飛び乗ります。それまでずっとがまんしていたのでトイレに飛び込むと、腰を下ろした瞬間に、誰かがドアを叩くんです。「この本にサインしてください！」（聴衆、大笑い）。

どうして私が三つ子の一人として育てられなければならなかったか、おわかりでしょう？　私の一生の仕事の準備だったのです。

私のように、生まれてこのかた一度も自分だけの場所をもったことがない人間は、プライベートな場所がほしいという他人の欲求に対してとても敏感になります。その女子寄宿学校の部屋に足を踏み入れた瞬間、私にはわかりました。その……（私は主催者の男を「悪党」と呼んでいたのですが）……その悪党は、イースターの休みに子どもたちをみんな家に帰し、彼女たちの部屋を借りて、一万ドルもうけようと考えたのです。金もうけは私にも理解できます。ただ、私がどうしても許せなかったのは、よその人が彼女たちの部屋を使うということを、その悪党が子どもたちに黙っていたことです。誰かが部屋を使うことを知っていたら、子どもは自分のものをテーブルの上に出しっぱなしにはしておきません。母親なら誰だってそのくらいのことはわかります。

だから私は、子どものプライベートな聖なる空間に無断侵入したみたいな気がしたのです。子どもに無断で、その子の部屋を使い、その子のベッドに寝るなんて、とてもできないと思いました。それで、私は頭から湯気を出して怒り狂ったのです。

その悪党は一つ大きな過ちを犯しました。私のワークショップに参加したいと言ったのです。私は彼をあまりに憎んでいたため、「ノー」とは言えませんでした。夕食のとき、彼は私たちのテーブルに来て、愛想笑いを浮かべながら、「みなさん、ちょっと食べ過ぎじゃないですか」と言ったのです。私がそれにどう反応したか、わかりますか。この、無条件の愛を教える教師が。私は参加者ひとりひとりのテーブルを回って、「このスパゲッティ、全部食べないの？　そのミートボール、済ませてしまったら？　何も残さないようにしましょう。このサラダ、全部食べてしまいましょうよ。ここにまだビスケットが一枚残ってますよ」と言って回ったのです。まるで何かに憑かれたように。パンがひとかけでも残っているうちは、どうしてもテーブルを立つことができませんでした。それが私の復讐だったのです（会場から笑い）。

でも、そのときにはわかりませんでした。ただ何かに駆り立てられて、「私のグループはみんなちゃんと食べることができるんだ、ということをこいつに思い知らせてやろう」と心に誓ったのです。私は人の四倍食べる人を、小食の人の四倍愛しました。自分で自分がいやでしたが、どうにも止まらないのです。テーブルに少しでも食べ物が残っていると、がまんならないのです。

夜、私たちは絵のテストをしました。みんなに紙とクレヨンを配ると、例の男がごくさりげなく、「紙は一枚十セントです」と言いました。「ここは学校ですからね。クレヨンの使用料は六十九セント。コーヒーは一杯二十五セントですよ」。それが一週間ずっと続いたのです。五セント、二十五セント、十七セント、といったふうに。

さて、ワークショップがはじまり、私は無条件の愛について話しました。でも私は例の男の顔を見ることができませんでした。もし見たら、何かが起こったでしょう（会場から笑い）。みなさんには想像もつかないくらい、私はぐったり疲れてしまいました。心に蓋をすることに必死で、へとへとになってしまったんです。どうしてそんなことになるのか、自分でもさっぱりわかりませんでした。

水曜日になりました。はっと気がつくと、私は例の男を肉切り包丁で刻むという空想にふけっていました（会場から笑い）。

木曜日になると、その刻んだ肉にヨードチンキを振りかけている場面を空想していました（聴衆、大笑い）。そして金曜日になると、……いまは忘れてしまいましたが、何かもっとすごいことを空想していました。

ワークショップは金曜日の昼に終わりました。ワークショップそのものは成功でしたが、私はぼろぼろになってしまいました。一滴もエネルギーが残っていませんでした。いつもは週に七日、毎日十七時間働いても、ちっとも疲れないのにです。

私にはわかっていました。誰かが、私の知らないうちに、私の心のなかに住んでいるヒットラーを目覚めさせるボタンを押したのです。どろどろとした、いやらしい、汚いものが、からだじゅうに充満していました。そんなことは生まれてはじめてでした。それで、自分が殺人を犯さないうちに、あわててその地を去りました（会場から笑い）。

飛行機に乗り込むときには、もう歩くのがやっとでした。肉体的に消耗しきっていたのです。まずカリフォルニアに行って友人たちに会い、それからシカゴに帰ってイースターの日曜日をゆっくり過ごすつもりでした。カリフォルニアに向かう飛行機のなかで、私は脳味噌を振り絞って考えました。「あいつは私のなかの、いったい何のボタンを押したのかしら」。

カリフォルニアに到着するまでに、ふと、自分はケチな男に対して極度のアレルギーがあることに気づきました（会場からくすくす笑い）。私の言うケチな男というのは「こまかいところですごくケチな人」のことです。もしあの男が正直に「費用をあまりに安く見積もっていました。あと二千ドル必要なんです」と言ってきたら、私はその場で小切手を書いてあげたでしょう。でも金額が少なくなればなるほど、私は彼を殺したくなるのです。

そうした感情がどこからくるのか、さっぱり見当がつきませんでした。

シャンティ・ニラヤで働きたいと言ってきた人には、二つのことを約束してもらいます。ひとつは、患者宅の訪問や看護はすべて無料でおこない、一銭も要求しないこと。もうひとつは、こちらのほうが難しいのですが、自分のなかのヒットラーに気づいたら、完全に追い出すまで、それと取り組むことです。自分で実践していないくせに、何かを説教してはなりません。だから私自身、その正体不明のものを追い出さなくてはなりません。

四回以上ひとにものを頼んではいけない、という規則もあります。なぜかというと、四回以上も誰かにものをねだられたら、人は自分の意志を自由に選択できなくなります。無償でひとから何かをもらうためには、それが相手の自由選択によるものでなくてはいけません。

さて、カリフォルニアに着いて友人たちに会いに行くとき、私はワークショップの三つの規則をクリアできるかもしれないと思いました。到着すると、彼らは「ワークショップ、どうでした？」と聞き、私は「成功よ」と答えました。

私の声がけわしいことに気づいて、彼らはもう一度「ワークショップ、どうでした？」と聞きました。三度目に同じことを聞いたとき、彼らは、不機嫌の固まりになっている人間に対して最低のことをしました。優しい言葉をかけたのです。「イースターのウサちゃんたちのこと、話してくださいよ」。

その瞬間に、私は切れました。「イースターのウサギですって？　じょうだん言わないでよ。私は五十歳よ。医者よ、精神科のね。イースターのウサギなんかもう信じてないわ」。私はそうわめきちらし、最後にこう言いました。「あんたたちが患者にそんなふうに話しかけるのは自由だけど、私に対してはやめてちょうだい」。そう言い終わった瞬間、私はしくしく泣きだし、そのうちに大声をあげて泣きわめき、八時間泣きつづけました。

注＝ウサギはイースターの象徴のひとつ。イースターの卵はウサギがもってくるという俗信があるため。

それまで五十年近く抑圧され、たまりにたまっていた、やり残した仕事が、どっと流れ出したのです。このまま止まらないいんじゃないかと思いました。痛み、苦しみ、涙、悩み、不公平感などをどんどんと外に出すうち、たまっていたものを吐き出すとかならずそうなるのですが、記憶がよみがえってきました。抑圧していた感情を外に出すにつれ、まだとても小さいころの思い出がよみがえりました。

私は三つ子の長女でした。妹の一人はいつでも父の膝を、もう一人はいつでも母の膝を占領していましたから、私が乗る膝はありませんでした。今となっては覚えていませんが、きっと幼い私は、父か母が私を抱き上げてくれるのをずっとずっと待っていたことでしょう。でも父も母も、私を抱いたり膝に乗せたりしてくれなかったので、私の方から親を捨てました。そうでもしなければ、その状況に耐えられなかったのです。おかげで、まだ二歳の私はじつに傲慢な子になりました。「パパもママも要らない！　私にさわらないで！」。まるで自分が独立したかのように。

私はウサギに愛情を注ぐようになりました。ウサギを飼っていたのです。今になってみるとわかるのですが、当時、私と妹を見分けられるのはウサギだけでした。いつでも私が餌をやるので、私が行くと寄ってくるのです。ほかの何よりもウサギを愛していました。それは生き物に育てられる、つまり生き物のおかげで成長する、ということもあります。それは絶対にそうです。

私の問題は、父がじつにスイス人らしい倹約家だったことです。スイス人はみんな倹約家ですが、ケチではありません。そのちがい、おわかりですよね（会場から笑い）。

半年ごとに、父はロースト肉が無性に食べたくなるひとでした。どんな肉だって買えたでしょうに、ウサギのローストを食べたがりました。五十年前のことですから、親の権威が絶対的でした。父は私の愛していたウサギを一匹肉屋にもって行くようにと命令しました。私は、まるで死刑執行人のように、どれにしようかとウサギたちを見回し、一匹選ばなくてはなりませんでした。そして、選んだウサギをもって、三十分かかって山を下り、肉屋まで歩いていくのです。ほとんど拷問でした。かわいがっていたウサギを肉屋に渡すと、しばらくして、紙袋に入った温かい肉になってもどってくるのでした。私はその肉をもって、また三十分かかって山を登り、母のいる台所に届けるのでした。夕食の時間のとき、私のかわいがっていたウサギを家族が食べるのを、ただじっと見ていました。

私は傲慢な子どもで、不安や劣等感を傲慢さでカバーしていましたから、自分がどんなに傷ついているかを、けっして親にさとられないように気をつけました。おわかりでしょ、「パパとママが私を愛してくれないんなら、私も、どんなに傷ついたか、教えてあげない！」。私はそのことを絶対に口にしませんでした。一度も泣きませんでした。痛み、苦しみ、悲しみを、誰にも打ち明けず、全部心の奥底に隠していました。

立ち直るのに半年かかりました。でも半年たつと、またウサギを殺さなくてはなりませんでした――。

さて、わあわあ泣くうちに、あらゆる記憶がよみがえってきて、私は退行して六歳の子どもにもどり、その日のことがまるで昨日のことのように思い出されました。私は草地にひざまずいて、最後の、そして私がいちばんかわいがっていたウサギに話しかけていました。クロという名前でした。その名のとおり真っ黒で、とってもきれいで、タンポポの若葉を食べて、まるまる太っていました。私は、お願いだから逃げてと懇願しましたが、クロは私のことが大好きでしたから、動こうとはしません。結局、肉屋にもっていく羽目になりました。

私は肉屋に行って、クロを手渡しました。しばらくすると、肉屋は紙袋をさげて出てきて、「とても残念なことをしたね。もう二、三日待てば、子どもが生まれたのに」。私はクロがメスだということを知りませんでした。

私はまるでロボットのように歩いて帰りました。それから後、二度とウサギは飼いませんでした。それでも、心の痛みや苦しみは誰にも打ち明けませんでした。

今になってみると、精神科医として理解できます。最後のウサギを犠牲にしたとき、私は自分のなかの涙や叫びに触れないよう、自分の心にしっかりと蓋をしたのです。だから、ケチな男に会うたびに、ますますしっかりと強く蓋をしなければならなくなっていたのです。

そして五十年後、あのドケチ男に会ったのです。もう少しで彼を殺すところでした。象徴的な意味で言っているんじゃありません（会場から笑い）。笑わないでください。本当なんです。もし金曜日の朝、あの男があと五セントくれと言ってきたら、私は彼を殺し、今ごろはまだ刑務所にいたでしょう（聴衆、大笑い）。本当に、冗談ではありません。限界を超える寸前でした。防壁は崩れかかっていたのです。

感情を外に出すという、ワークショップで用いている方法があって、本当によかったと思います。神様に感謝したいくらいです。カリフォルニアに帰り、友人たちの前で、いっさいがっさいを吐き出したおかげで、ケチな男に対するアレルギーの原因が何であるかを突き止めることができました。今では、何人のケチな男と会っても平気です。彼らの問題だと思うだけです。もう私の問題ではなくなったのです。

「黒いウサギ」を探す

私は安全な場所で、親身になってくれる人たちに助けられて、自分のやり残した仕事を見つけることができました。私は感謝の念から、ハワイにもどり、刑務所で受刑者ひとりひとりの「黒いウサギ」を探す仕事をさせてもらえないか、と頼み込みました。当局の信頼を得るにはずいぶん時間がかかりました。でも結局、やってもよろしいという許可がおりました。二年前、はじめて、いわゆる犯罪者が刑務所から解放されて私どもの保護観察下におかれることになりました。現在、その男性は、自分の生涯にわたる苦痛と悩みを利用して、刑務所暮らしにならずにすむように、子どもたちの力になっています。

私自身の黒いウサギの話をするため刑務所にいったとき、ひとりの老人にこう聞かれました。「ここで犯罪者に囲まれて、怖くないのかい」。私は答えました。「あなたが犯罪者なら、私も犯罪者よ」。わかっていただけると思いますが、私は本気でそう言ったのです。どんな人も、犯罪者になる可能性をもっています。

私は彼に黒いウサギの話をしました。すると、私の息子だったとしてもおかしくないくらいの、まだとても若い受刑者が（まだひげも生えていませんでした）飛び上がって叫びました。「そうか、刑務所に入る羽目になった理由がわかった！」。

彼は短い話をしてくれました。十四歳のときのこと、ある日、学校にいると、突然、いますぐ家に帰らなくては、という衝動に駆られました。頭で考えていることとは無関係なこういう激しい衝動は、直観的な部分からきたものです。ここまで聞いただけでわかります。そういう意識をもてるということは、その少年が愛情豊かに育てられた証拠です。

彼はその衝動にしたがって、家に飛んで帰り、客間に駆け込みました。ふつうハワイの子どもは客間には入らないものです。でも彼はまっすぐに客間に行きました。すると、父親がソファの上でぐったりしていました。顔は鉛色でした。彼に言わせれば、心から父親を愛していたので、悲鳴をあげる必要も誰かを呼ぶ必要も感じなかったそうです。彼はただ父親の後ろにすわって、抱きかかえ、ただひたすら愛しました。

十分ほどたって、彼は父親の呼吸が止まっていることに気づきました。彼によると、信じられないほど平穏な時間だったので、誰も呼ばずに、そのまましばらくじっとすわっていたいと思ったのでした。

そのとき、父方の祖母が入ってきました。ものすごく競争心と嫉妬心の強い女性でした。祖母は悲鳴をあげ、父親を殺したといって、彼を責めました。「あのとき、おれは黙って心に蓋をしたんだ。あの神聖な時間を汚したくなかったから」。それで、祖母の非難に対して何も答えませんでした。

三日後、ハワイ式の葬儀の最中に、家族や親類、そして地域の人たちのいる前で、祖母は心の蓋を吹っ飛ばし、「わたしの息子はこのガキのせいで死んだんだ」とわめきちらしました。そのときも、彼に言わせると、「じっと黙っていた。大好きな親父の葬式を台無しにしたくなかったから」。

二年半後、彼は食料品店の前で、何かぶつぶつ不平をもらしている、惨めな身なりをした老女のこめかみに……あれは何と呼ぶんでしょうか、銃身を切って短くした猟銃を、つきつけていました。どれくらいの時間でしょうか、彼はそのままじっと突っ立っていました。しばらくして彼は、老女の顔を見て言いました。「おれはここで何をしてるんだ？あんたを傷つけるつもりはないんだ」。彼はごめんなさいと言って、銃を放り出し、走って家に帰りました。

でも、なにしろ狭い地域社会のことですから、すぐに逮捕され、懲役二十年の刑を言い渡されたのだそうです。

＊

この世に悪い人間はいません。子どもたちが神様に宛てて書いた手紙を集めた、すてきな本があります。その手紙のひとつにはこう書かれています。「神さまは、クズはおつくりになりませんでした」。覚えていらっしゃいますか。どんな人も、生まれたときには完璧です。肉体的に完璧でないときには、霊的な部分がそのぶん余計に開かれています。すべての人は完璧です。最後には完璧でなくなったとしたら、それはじゅうぶんな愛と理解を経験しなかったからです。

みなさんもこのイースターの休みのあいだに、ご自分の「黒いウサギ」を探してみてください。そしてもし誰かを憎んでいたら、その人を高見から裁くのではなく、理解する努力をしてください。イースターは、そういう仕事をするのに打ってつけの時です。（あたたかく、晴れ晴れとした、喜びに満ちた声で）聞いてくださって、ありがとう。よいイースターを（拍手喝采）。

出版者のあとがき

この本が印刷されている間に、オクラホマシティでの連邦政府ビル・テロ爆破事件のニュースがやっと収まりをみせてきた。オクラホマは、ボスニアやチェチュニア、あるいはヒロシマ、アウシュヴィッツ、ドレスデンより、遠いわけでもないし近いわけでもない。しかし、そうわかっていても、私たちアメリカ人にとっては、アメリカで起こった事件は他とは比べものにならないほどの衝撃だった。身近な事件に対してより強く反応してしまうのは、たぶん古今東西を問わない人間の性《さが》なのだろう。そういう事柄についても、エリザベス・キューブラー・ロスはかねてから私たちに深い真実を教えてくれていた。彼女は次のように語っている。根本においては、ひとと自分、遠いことと近いこと、あちらとこちらの差はない。私たちがひとの苦難や死を自分のものとして学ぶことさえできたら、その苦難や死は、当事者だけでなく、私たちにとってもまたとないチャンスとなる、と。博士がそう語るのを聞いていると、私たちにもできそうだという気になってくる。でも、その気になっているところに、オクラホマシティの事件が起き、友人が病に倒れ、そしてまた、キューブラー・ロスその人にも災難がふりかかり、私たちを打ちのめす。

一九九四年の秋、私はある賞の授賞式のためにアメリカを留守にしました。授賞式の日は、ほかの人を心にかけ世話するのでなく、私自身が世話され、心にかけてもらう日となりました。私はすっかりクリスマスの準備を終えてから出かけました。クリスマスの贈り物は幾箱も用意し、あとは郵送するばかりでした。エイズの子どもたちのためのプレゼントは、何ダースもの靴下につめ、次の月曜日に発送するつもりでした。なのに、結局それは発送されませんでした。

私がヴァージニアマウンテンにもどってくると、友人が待っていて、家に帰らないようにと言うのです。結局、この友人は、あなたにはもう帰る家がないのだ、と打ち明けざるをえませんでした。私の家は放火され、破壊されたのです。手作りのクリスマスプレゼントや何か月分もの仕事、そのすべてが灰燼に帰しました。四千冊の蔵書も、たくさんの思い出の品も、燃え残ったほんのわずかを除いて灰になったのです。ペットだったラマは撃ち殺され、センターの看板は銃弾の穴だらけになっていました。

私はヴァージニアでは歓迎されていなかったのだということを、ついに思い知らされたのです。「十年間努力したんだから……そろそろ別の場所に移りましょう」と自分に言って聞かせました。でも、ヴァージニアでもう一度ゼロからはじめる決意もありました。ところが、息子は味方してくれませんでした。息子に、ロブスターを御馳走するからといって呼ばれ、そのままアリゾナ行きの飛行機に乗せられてしまいました。

キューブラー・ロスには、生涯最大の事件、最大の試練を、まるで誰もが立ち向かえそうな、何でもないことのように語る、特別の才能がそなわっている。彼女に言わせれば、真実を理解する力は誰にでもそなわっているのだ。でも実際には、博士は「平気だ」などとは一言も言っていない。最近の事件を報告するこの手紙を含め、博士の書いたものを見れば、自分の苦難や痛みが包み隠さず語られていることがよくわかる。そしてひたすら読者を、人間のもっとも深い真実へといざなってくれる。

というわけで、この本は、博士にとっての転機にできあがった。当然のことながら、世間一般がいつもキューブラー・ロスの思想を支持してきたわけではない。しかし、数え切れないほど多くの人が、博士から直接また間接的に多くを学んできた。現在も、博士は、生涯にわたって築いてきたその業績に対する賞を次々に受賞しており、博士の業績の評価は頂点に達していると言っていいだろう。つい先日も、アリゾナ州スコッツデイルのグラディス・テイラー・マクガリー医療財団から、博士の貢献による治療技法の飛躍的進歩をたたえる賞が贈られた。その受賞の言葉のなかで、博士は次のように語っている。

私は、死、死の準備、そしてエイズ患者に取り組んできましたが、そのなかで私は、死の床にある人だけでなく生きている人にとっても大切な、とても単純なことを学びました。まず大切なことは、愛するということ。何物にもとらわれない本物の愛、その愛を他の人びとに注ぐこと。また、医者や健康管理者には、教師になれるという素晴らしい可能性があります。患者が百パーセント生きているという満足感をもって生きられるよう、手をさしのべるのです。医者は、百パーセント生きるために必要な道具を患者が開発するのを手伝うことができます。命の火を見つめ、愛や他の人びととのつながりの方が仕事より大切だということに気がつくのに、不治の病になる必要はありません。

グラディス・テイラー・マクガリー博士は自身もきわめて有名なヒーラーで、医療のパイオニアでもある。彼女は、長年にわたる親しい友人、キューブラー・ロス博士の今回の事件について、心あたたまる文章を送ってくれた。

「イースターの朝のこと、エリザベスはアリゾナの私の家に夜明けの礼拝にやってきました。イースターの卵に模様を描いたり、隠した卵を子どもたちが探しあてては喜ぶ顔を見て、とてもうれしそうでした。彼女が家にきたとき、ちょうど誰かが私の孫たちのために色つきの卵を隠しているところでした。エリザベスは思わずこう言いました。『もう少しうまく隠したほうがいいわ。必死でチャレンジするからこそ、成長するんだから』。私たちは古い友人です。私はエリザベスが転機にさしかかっていることに気づいていました。彼女は、死とその過程という問題から離れて、命と生きることの方へと重心を移しつつあり、そういう自分の心の経過をいっそう深く見つめようとしているところでした。ヴァージニアでやり直す決意があったにもかかわらず、自分の息子によって西部へと連れ去られてしまったのでしたが、ここアリゾナの原始の砂漠で、自然が彼女の心を癒しつつあります。彼女が命の新しいステージをはじめる時がきたのです。失ったものを癒し、新たな素晴らしい冒険に乗り出す時がきたのです」

校正刷りに目を通したあと、著者はこの本についてこんな手紙を送ってくれた。

「〈死ほど大事なことはない〉というのは、私がスウェーデンでおこなった講演にもとづいて編者が考えた題名ですが、その講演をしたころ、私はすでに毎週一万五千人もの人たちを相手に、二十年以上にわたって講演をしていました。そしてあのころにはもう、患者たちから学んだことはほとんどすべて世界中に蒔いてしまった、という気になっていました。もっとはっきり言えば、同じ話を何度も繰り返すことに嫌気がさして、講義や講演から足を洗って隠居しようと考えていました。でもこの本で、自分の講演を読み返すのはとても楽しかった。楽しい思い出をよみがえらせてくれたからです。私の大好きな子どもたちがこの世に帰ってきて、それと同時に私の一部もまたあの世から帰ってきたからです」

出版者というものは、何か大切なことをする機会はいつやってくるのかをよく知っている。私たちはこのたびの機会に、おそらく東洋では「教え」と呼ばれているものの「種を蒔く」のをお手伝いできたことに感謝している。マクガリー博士の言葉を引いて、結びとしよう。

「エリザベス・キューブラー・ロスの仕事を、医学の変革だと言う人もあれば、新たなかたちの宗教だと言う人もいますが、どちらにしても、彼女はいつまでもこの世界に光を投げかけつづけることでしょう」

ジョージ・クウォシャ

チャールズ・スタインとスーザン・クウォシャの協力を得て

注＝グラディス・テイラー・マクガリーは、ホリスティック医学、自然分娩、医師と患者の協力関係の先駆者で、五十年間医療に従事し、彼女の名を冠する医療財団の創立者である。一九九二年には国立衛生研究所に新たに創設された代替医学局が百人の医師研究者を認可したが、彼女はその一人である。現在、アリゾナ州ホメオパシー審査会の会長をつとめている。著書には『生きるために生まれてきた』『心もなくてはいけない』などがある。

文庫版　訳者あとがき

医療は長いこと延命を至上目的にしてきた。その立場からすれば、死とは敗北であり、失敗であった。だから医療はひたすら死を隠蔽してきた。だが、そうした医療のあり方に対する疑問、そして死とは何かに対する関心はしだいに高まり、ついには終末期医療とかホスピスという考え方となって表面化するにいたった。

ホスピスという言葉は本来「旅人のための宿泊施設」とか「病人のための収容所」という意味だが、いまではもっぱら「末期患者の苦痛を軽減するための施設」という意味で使われる。そういう意味でのホスピスが世界で最初にできたのはイギリスだが、それをアメリカじゅうに浸透させ、さらに全世界に広めたのが、本書の著者エリザベス・キューブラー・ロスである。

今日、死の問題や終末期医療に関心を寄せる人で、キューブラー・ロスの名を知らない人はいないだろう。彼女がシカゴ大学で始めた「死とその過程」（death and dying）と題するセミナー、そして同名の著書（邦題『死ぬ瞬間　死とその過程について』中公文庫）

は、いまだに全世界で強い影響を及ぼし続けている。

キューブラー・ロスの著書は、日本では「『死ぬ瞬間』シリーズ」（読売新聞社）としてすでに六冊出版されている。その他に、ジャーナリストの手になる彼女自身の伝記が出ており、彼女の自伝も出ているが、本書は、編者がいうように、それらの著書を読むための、あるいはキューブラー・ロスが語り、そして実践してきたことを理解するための、最良の入門書となるだろう。ここにはキューブラー・ロスの「エッセンス」がすべて盛り込まれているといっても過言ではない。しかもそれが彼女自身の肉声で語られていることが何よりも本書の魅力であろう。

本書冒頭にあるように、この本は一九七六年から十年あまりの間におこなわれたキューブラー・ロスの講演を編集したものである。原題は Death is of Vital Importance という。Death と Vital とをかけあわせた、じつに巧みなタイトルだが、日本語にはうまく訳せない。Vital は「生死に関わる」「生にとって重大な」という意味である。しいて訳せば、「死こそが生を決定する」となるだろうか。

お読みになればわかるように、彼女は講演の名手だった。死という重いテーマについて論じていながら（論じているがゆえに？）、独特のユーモアで聴衆を笑わせる。かと思うと、次の瞬間には聴衆の胸に突き刺さるような警句を口にする。訳者は、「突然、四六時中オルガスムが味わえるようになったらどうします？　だれが皿洗いなんかしますか」とという箇所には大笑いし、ジェフィ少年が死ぬ前に自転車で近所を走るくだりでは号泣しながら、本書を訳した。

著者自身の体験が豊富に語られていることも本書の魅力だろう。自伝的告白にもなっているのだ。だからここで著者の略歴を紹介する必要はないだろう。

なお、本書の最初の講演は一九七六年、最後は八八年だが、その間に、彼女の心境には大きな変化があったため、本書の前半と後半とではずいぶんトーンが異なる。彼女を変えたもの、それは神秘体験、とくに臨死体験である。したがって、前半では死に至る過程が、後半では死後の生が語られているといっていい。そのこともあって、単行本では death and dying を「死とその準備」と訳したが、このたびは「死とその過程」に変えた。

本書を読んで、キューブラー・ロスに興味を持たれたかたには、ぜひとも『死ぬ瞬間』を読んでいただきたい。

二〇〇一年四月

鈴木　晶

本書は『死ぬ瞬間』と臨死体験」（一九九七年一月、読売新聞社刊）を改題したものです。

DEATH IS OF VITAL IMPORTANCE
by
Elisabeth Kübler-Ross
Copyright © 1999 by Elisabeth Kübler-Ross
All rights reserved.
Japanese translation rights
arranged with The Barbara Hogenson Agency
through Japan UNI Agency, Inc., Tokyo.

中公文庫

「死《し》ぬ瞬間《しゅんかん》」と死《し》後《ご》の生《せい》

2001年6月25日　初版発行
2020年3月25日　改版発行
2024年6月25日　改版2刷発行

著　者　エリザベス・キューブラー・ロス

訳　者　鈴《すず》木《き》　晶《しょう》

発行者　安部順一

発行所　中央公論新社
〒100-8152　東京都千代田区大手町1-7-1
電話　販売 03-5299-1730　編集 03-5299-1890
URL https://www.chuko.co.jp/

DTP　嵐下英治
印　刷　三晃印刷
製　本　小泉製本

©2001 Sho SUZUKI
Published by CHUOKORON-SHINSHA, INC.
Printed in Japan　ISBN978-4-12-206864-3 C1198
定価はカバーに表示してあります。落丁本・乱丁本はお手数ですが小社販売部宛お送り下さい。送料小社負担にてお取り替えいたします。

●本書の無断複製(コピー)は著作権法上での例外を除き禁じられています。また、代行業者等に依頼してスキャンやデジタル化を行うことは、たとえ個人や家庭内の利用を目的とする場合でも著作権法違反です。

中公文庫既刊より

キ-5-3
死、それは成長の最終段階　続 死ぬ瞬間
キューブラー・ロス
鈴木晶訳
無為な人生を送ってしまう原因の一つは死の否認である。明日があると思ってやるべきことを先延ばしにする人間は成長しない。好評「死ぬ瞬間」続編。
203933-9

キ-5-4
「死ぬ瞬間」をめぐる質疑応答
キューブラー・ロス
鈴木晶訳
死を告知された患者と、介護する家族の心構えを、簡潔な質疑応答のかたちでまとめた必読の書。「どうして私が」という当惑と悲しみをいかに克服するのか。
204594-1

キ-5-6
死ぬ瞬間　死とその過程について
キューブラー・ロス
鈴木晶訳
死とは、長い過程であって特定の瞬間ではない。二百人におよぶ末期患者への直接面接取材で、〝死に至る〟人間の心の動きを研究した画期的ロングセラー。
206828-5

あ-85-1
増補改訂版　追跡・アメリカの思想家たち
会田弘継
保守、リベラリズム、ネオコン、ポピュリズム……。戦後アメリカの支柱となり、現実政治をも動かした数々の思想の本質に迫る意欲作。
206273-3

い-110-1
良いおっぱい悪いおっぱい〔完全版〕
伊藤比呂美
一世を風靡したあの作品に、3人の子を産み育て、25年分の人生経験を積んでパワーアップした伊藤比呂美が大幅加筆！「やっと私の原点であると言い切ることができます」
205355-7

い-110-2
なにたべた？　伊藤比呂美＋枝元なほみ往復書簡
伊藤比呂美
枝元なほみ
詩人は二つの家庭を抱え、料理研究家は二人の男の間で揺れながら、どこへ行っても料理をつくっていた。二十年来の親友が交わす、おいしい往復書簡。
205431-8

い-110-4
閉経記
伊藤比呂美
更年期の女性たちは戦っている。老いる体、減らない体重、親の介護、夫の偏屈と。ホルモン補充療法に挑戦、ラテン系エクササイズに熱中する日々を、無頼かつ軽妙に語るエッセイ集。
206419-5

各書目の下段の数字はISBNコードです。978－4－12が省略してあります。

か-4-3
養生訓
貝原益軒
松田道雄 訳
益軒の身体的自叙伝ともいうべき「養生訓」は自然治癒の思想を基本とした自主的健康管理法で、現在でもなお実践的価値が高い。〈巻末エッセイ〉玄侑宗久
206818-6

や-32-5
北里柴三郎（上）雷《ドンネル》と呼ばれた男 新装版
山崎光夫
念願のドイツ留学を果たした柴三郎。「細菌学の祖」コッホの下、世界で初めて破傷風菌の純粋培養を成功させる。近代日本医学の父の生涯を描いた伝記小説。
206747-9

や-32-6
北里柴三郎（下）雷と呼ばれた男 新装版
山崎光夫
柴三郎は香港での命懸けの調査により、ペスト菌を発見する。一方、東大閥との争いから、自らが設立した伝染病研究所を失うことに——。〈解説〉大村　智
206748-6

や-39-1
認められぬ病 現代医療への根源的問い
柳澤桂子
長い闘病生活を通して、現代医療の危険な体質を根源的に問い、患者心理を率直に語りながら苦悩に耐えて生きる道を示した感動の書。〈解説〉柳田邦男
203067-1

よ-13-2
お医者さん・患者さん
吉村　昭
患者にとっての良い医者、医者からみた良い患者とは？　20歳からの大病の体験を冷厳にまたおかしく描き、医者と患者の良い関係を考える好エッセイ。
201224-0

よ-13-17
日本医家伝
吉村　昭
前野良沢、楠本いね、高木兼寛、荻野ぎん……日本近代医学の先駆者十二人の苦闘の生涯を描く。著者の医家を主題にした長編群の原点であり要となる短編集。
207410-1

よ-57-2
今日を悔いなく幸せに
吉沢久子
一〇〇歳になりました。日々の暮らしのなかに見つける小さな喜び、四季を楽しむ食の工夫……老後の人生を幸せに生きるためのちょっとした知恵を伝授します。
206535-2

よ-57-3
101歳。ひとり暮らしの心得
吉沢久子
毎日の小さな喜びを大切に、前向きに悔いの残らない時間を過ごす——。101歳で大往生された吉沢久子さんが教えてくれた、幸せな暮らしかたの秘訣とは？
206774-5

各書目の下段の数字はISBNコードです。978-4-12が省略してあります。

ウ-6-3 アウトサイダー（上）
コリン・ウィルソン
中村保男訳
ヘミングウェイ、サルトル、ニーチェら「アウトサイダー」を通して、現代人特有の病とその脱出法を探求し、全世界で話題を呼んだ著者25歳の処女作。
205738-8

ウ-6-4 アウトサイダー（下）
コリン・ウィルソン
中村保男訳
「アウトサイダー」たちを通して、現代人特有の病とその脱出法を探求した名著。下巻ではドストエフスキーの登場人物、アラビアのロレンスらを分析。
205739-5

カ-7-1 ルルドへの旅 ノーベル賞受賞医が見た「奇跡の泉」
アレクシー・カレル
田隅恒生訳
二十世紀初頭、若き医師がルルドの地で目撃した、不治の病にある一女性に起こった奇跡。著者の生前発表されることのなかった引き裂かれた魂の告白。
206183-5

テ-3-2 ペスト
ダニエル・デフォー
平井正穂訳
極限状況下におかれたロンドンの市民たちを描いて、カミュの『ペスト』以上に現代的でなまなましいと評される、十七世紀英国の鬼気せまる名篇の完訳。
205184-3

ハ-11-1 細菌と人類 終わりなき攻防の歴史
ウィリー・ハンセン
ジャン・フレネ
渡辺格訳
古代人の鋭い洞察から、細菌兵器の問題まで、〈見えない敵〉との闘いに身を投じた学者たちのエピソードとともに、発見と偏見の連綿たる歴史を克明にたどる。
205074-7

マ-10-1 疫病と世界史（上）
W・H・マクニール
佐々木昭夫訳
疫病は世界の文明の興亡にどのような影響を与えてきたのか。紀元前五〇〇年から紀元一二〇〇年まで、人類の歴史を大きく動かした感染症の流行を見る。
204954-3

マ-10-2 疫病と世界史（下）
W・H・マクニール
佐々木昭夫訳
これまで歴史家が着目してこなかった「疫病」に焦点をあて、独自の史観で古代から現代までの歴史を見直す好著。紀元一二〇〇年以降の疫病と世界史。
204955-0

マ-14-1 セレンディピティと近代医学 独創、偶然、発見の一〇〇年
M・マイヤーズ
小林力訳
ピロリ菌、心臓カテーテル、抗うつ剤、バイアグラ…みんな予期せぬ発見だった！ 飛躍を招き寄せたのは〈失敗〉そして〈偶然〉。ドラマチックな医学の発見史。
206106-4

き-6-18
どくとるマンボウ医局記 新版
北 杜夫
『どくとるマンボウ航海記』前夜、白い巨塔の片隅で怪気炎を上げるマンボウ氏の新人医師時代。新たに武田泰淳との対談「文学と狂気」を増補。〈解説〉なだいなだ
207086-8

ま-45-1
小児がん外科医 君たちが教えてくれたこと
松永 正訓
助からないことのほうが多い「小児固形がん」。闘病する子供たちやその家族と向き合う中で、小児外科医は何を見たか？ 渾身の治療と輝く命の記録。
205894-1

あ-60-4
老人初心者の覚悟
阿川佐和子
老化とは順応することである！ 六十五歳、「高齢者」の仲間入りをしてからの踏んだり蹴ったりを、ときに強気に、ときに弱気に綴る、必笑エッセイ第二弾。
207317-3

か-89-1
老いへの不安 歳を取りそこねる人たち
春日 武彦
よく老いることは、むずかしい。老人たちの不安に向き合ってきた精神科医が、老いゆく人の心に迫る。哀しくもおかしな老いの見本帳。〈解説〉宮沢章夫
206744-8

き-30-15
エッセイの書き方 読んでもらえる文章のコツ
岸本 葉子
エッセイ道30年の人気作家が、スマホ時代の文章術を大公開。起承転結の転に機転を利かし自分の「えーっ」を読み手の「へえーっ」に換える極意とは？
206623-6

き-30-18
生と死をめぐる断想
岸本 葉子
がんから生還したエッセイストが、治療や瞑想の経験や仏教・神道・心理学を渉猟、生老病死や時間と存在について辿り着いた境地を語る。
206973-2

き-30-20
楽しみ上手は老い上手
岸本 葉子
心や体の変化にとまどいつつも、今からできることをみつけたい。時間と気持ちにゆとりができたなら、新たな出会いや意外な発見？ 期待も高まります！
207198-8

さ-61-2
寄り添って老後
沢村 貞子
八十一歳で女優業を引退した著者が、自身の「老い」を冷静に見つめユーモラスに綴る。永六輔との対談「お葬式を考える」を増補。〈巻末エッセイ〉北村暁子
207207-7

各書目の下段の数字はＩＳＢＮコードです。978-4-12が省略してあります。

よ-33-6
養老孟司の幸福論 まち、ときどき森
養老孟司
まちに集中する人ともの。このままで本当に良いのだろうか……？ 現代人に警鐘をならし、ユニークな視点でほんとうの豊かさを考え直す、養老流の幸福論。
206140-8

た-20-10
宇宙からの帰還 新版
立花 隆
宇宙体験が内面にもたらす変化とは。宇宙飛行士十二人に取材した、知的興奮と感動を呼ぶ壮大な精神のドラマ。〈巻末対談〉野口聡一〈巻末エッセイ〉毛利 衛
206919-0

ケ-8-1
黒死病 ペストの中世史
ジョン・ケリー
野中邦子訳
ある日、人びとは「この世の終わり」が来たことを知った――十四世紀の欧州を覆い尽くした史上最悪の疫病に、あらゆる角度から迫った克明なる叙事詩。
206914-5

し-11-2
海辺の生と死
島尾ミホ
記憶の奥に刻まれた奄美の暮らしや風物、幼時の思い出、特攻隊長として島にやって来た夫島尾敏雄との出会いなどを、ひたむきな眼差しで心のままに綴る。
205816-3

う-9-6
一病息災
内田百閒
持病の発作に恐々としつつも医者の目を盗み麦酒をがぶがぶ……。ご存知百閒先生が、己の病、身体、健康について飄々と綴った随筆を集成したアンソロジー。
204220-9

か-95-2
命の家 上林曉病妻小説集
上林 曉
山本善行編
これは愛なのか、苦悩なのか……。心を病んだ妻。死に至るまでの八年間、妻を見つめながら書き続けた魂の文学。孤高の私小説十二篇。文庫オリジナル。
207429-3

お-51-8
完璧な病室
小川洋子
病に冒された弟と姉との時間を描く表題作他、デビュー短篇を含む最初期の四作収録。みずみずしい輝きを放ち、作家小川洋子の出現を告げる作品集。新装改版。
207319-7

わ-26-1
イエス伝
若松英輔
イエスの生涯は、キリスト教の視点や学問的なアプローチから論じるだけでは見えてこない。気鋭の批評家とともに、『新約聖書』の四福音書を丹念に読み直す。
207313-5